Die andere Hymne

ö! BOX 1 O-Ton 31

Ursula Hemetek (Hg.)

Die andere Hymne

Minderheitenstimmen aus Österreich

Ein Projekt der Initiative Minderheiten

Im Verlag der Österreichischen DialektautorInnen

Diese Publikation wurde vom Institut für Volksmusikforschung und Ethnomusikologie an der Universität für Musik und darstellende Kunst, von der Grünen Bildungswerkstatt Minderheiten sowie von der Abteilung II/5, Sektion für Kunstangelegenheiten im Bundeskanzleramt unterstützt.

die grüne bildungs-werkstatt minderheiten

BUNDESKANZLERAMT KUNST

Herausgegeben von Ursula Hemetek

Verlag und Vertrieb:
Österreichische DialektautorInnen
Institut für regionale Sprachen und Kulturen – IDI Austria
Gumpendorfer Str. 15/13, 1060 Wien, Tel. 01/586 12 49 11
www.oeda.at
Kontaktperson: Helga Pankratz

Coverfoto: Mehmet Emir
Umschlaggestaltung: wolf, www.typic.at

CD Livemitschnitt: Klaus Hallmann
Mix und Master: Robin Gillard, www.gillard.at

Typografische Gestaltung, Satz: wolf, www.typic.at
Druck: Berger Druck, Horn

ISBN-10: 3-900357-10-2
ISBN-13: 978-3-900357-10-8

Wien 2006

Inhaltsverzeichnis

Einleitung

Die Grundlage dieses Buches bildet ein Projekt der »Initiative Minderheiten« aus dem Jubiläumsjahr 2005 »Die andere Hymne – Minderheitenstimmen zum Nationalfeiertag« (Projektleitung Ursula Hemetek). Es ging von folgenden Prämissen aus: Hymnen sind ein weltweit wichtiges Symbol nationaler Identität. Sie werden geschaffen, um die Zusammengehörigkeit einer Gruppe, einer Nation oder die Einzigartigkeit einer Region in Abgrenzung zu anderen zu zelebrieren. In Österreich existieren die offizielle Bundeshymne und die Landeshymnen.

Die Nationalhymnen sind ein Produkt des 19. Jahrhunderts, sind Symbole des europäischen Nationalstaates mit seiner Vorstellung von ethnischer Homogenität verbunden mit einem bestimmten Territorium.

Diese Herrschaftsmodelle brauchen nationale Symbole, damit sich die Menschen mit dieser künstlichen Einheit, einer »nation as imagined community« – nach Benedict Anderson (1983), identifizieren können. Diese Symbole haben auch die Funktion der Abgrenzung von Anderen. Und sie werden als die sichtbaren Zeichen einer gemeinsamen Identität, einer gemeinsamen Vergangenheit und auch Zukunft zur symbolischen Repräsentation verwendet. Die ethnische, religiöse, soziale Vielfalt wird nicht berücksichtigt, es gibt immer nur eine dominante Kultur und eine Staatssprache. In der Österreichischen Bundeshymne sogar nur ein Geschlecht. Diese Hymnen sind Symbole der Macht.

Minderheiten schaffen sich Hymnen von unten, Identitätslieder, die auch emotional stärker besetzt sind, als es die offiziellen Hymnen je sein können. Diese Melodien kommen oft aus der Volksmusik oder der Popularmusik, haben Texte in den jeweiligen Muttersprachen oder sind Kontrafakturen. Sie transportieren Gruppenidentität durch verschiedene Mittel, wie z. B. die Romahymne: »Gelem gelem lungone dromesa«, was heißt: »Ich bin weite Wege gegangen«. Da wird nicht die ruhmreiche Vergangenheit, auch nicht die Heimat, kein Territorium besungen, sondern die Heimatlosigkeit, die die gemeinsame Erfahrung aller Romagruppen weltweit ist. Die Romahymne wird in hunderten verschiedenen melodischen und textlichen Varianten weltweit gesungen, die Variabilität ist eine ihrer Stärken. Sie ist durch kein Gesetz geschützt, deswegen darf auch kreativ mit ihr umgegangen werden.

Aufgrund dieser Qualitäten bildete die Romahymne den Ausgangspunkt für das Projekt. Die Idee war nun, diesen kreativen und spielerischen Umgang mit Identitätsliedern zu fördern und öffentlich zu präsentieren und zwar am Nationalfeiertag im Jubiläumsjahr, als starkes Lebenszeichen des »anderen« Österreich. Die KünstlerInnen, die kontaktiert wurden, meist langjährige Partner der Initiative Minderheiten, waren durchwegs von der Idee begeistert. Die getroffene Auswahl konnte natürlich nur einen Bruchteil der Minderheitenszene abdecken, aber es war wichtig, sowohl Volksgruppen als auch MigrantInnen, Lesben und Schwule und behinderte Menschen in das Projekt zu integrieren, entsprechend dem Minderheitenbegriff der Initiative Minderheiten.

Die Burgenlandkroaten haben eine Hymne im Stile eines Heimatliedes des 19. Jahrhunderts, mit einem Text von Mate Miloradić. Dieser ist allerdings nationalistisch und ausgrenzend. Joško Vlasich von den Bruji war es schon lange ein Anliegen gewesen, ihn zu persiflieren und musikalisch eine Rock-Nummer daraus zu machen.

Die Kärntner Slowenen haben ein Heimatlied, das als heimliche Hymne gilt. Die Rockgruppe Bališ bekam den Auftrag, eine rockige Version davon zu erarbeiten.

Die Romahymne war selbstverständlich ein Fixpunkt des Programms, in der Lovara-Version, die Ruža Nikolić-Lakatos am liebsten singt.

Das Lied Jugoslavijo fungierte im ehemaligen Jugoslawien als ein Identitätslied ersten Ranges. Mit dem Zerfall und dem Bürgerkrieg erhielt es eine völlig neue Konnotation und wurde von den Künstlern gemieden, die es vorher alle in ihren Programmen hatten. Es bekam im Laufe der Zeit, trotz seines ursprünglich nationalistischen Textes, eine anti-nationlistische Bedeutung, da es die Einheit eines multiethnischen Staates besingt, der nunmehr in nationale Teile zerfallen ist. Die slowenische Künstlerin Alexandra Tehovnik drückte in ihrer musikalischen Bearbeitung sowohl die vielfältigen ethnischen Identitäten wie auch das Auseinanderlaufen derselben aus.

Üsküdara ist ein türkisches Lied, das zwar für die ZuwandererInnen aus der Türkei nicht Hymnencharakter hat, jedoch von allen gekannt wird. Nicht bekannt ist meist, dass es in sehr vielen Varianten auf dem gesamten Balkan gesungen wird, und zwar mit ganz verschiedenen Texten in den verschiedenen Nationalsprachen. Die Diskussion »Wem gehört dieses Lied« wurde besonders durch die gleichnamige Filmdokumentation von Adela Peeva angeregt und trägt, wie der Film beweist, durchaus nationalistische und fundamentalistische Züge. Der türkische Musiker und Komponisten Sabri Tuluğ Tırpan wurde beauftragt, seine Auffassung dieses Konflikts musikalisch darzulegen.

Heimliche Hymnen der Lesben und Schwulen gibt es viele, und sie kommen fast immer aus der Popularmusik. Eines der ersten Lieder in diesem Zusammenhang, das ein Protestsong war, ist Tom Robinsons »Glad to be gay« aus den 1980er Jahren. Helga Pankratz, Vorstandsmitglied der Initiative Minderheiten und Autorin, verfasste einen neuen Text im Wiener Dialekt, der auch der aktuellen Situation von Lesben und Schwulen Rechnung trägt. Die musikalische Gestaltung übernahm Harald Huber, nämlich die gar nicht einfache Aufgabe, einen Chorsatz zu schreiben.

Die Hymne der behinderten Menschen gab es noch nicht, auch kein entsprechendes Identitätslied. Deshalb musste erst eine geschrieben werden. Erwin Riess, langjähriges Vorstandsmitglied der Initiative Minderheiten und Autor der Stimme von und für Minderheiten, übernahm diese Aufgabe und er wählte als Melodie die Kaiserhymne, was aus mehreren Gründen als gute Wahl erscheint: Sie stammt von Joseph Haydn und weist burgenländisch-kroatische Verflechtungen auf. Sie ist oft umgedichtet worden, auf jeden neuen Habsburger ein neuer Text, sie hieß »Volkshymne« und wurde in die Sprachen der

Kronländer übersetzt. Ein Machtsymbol war sie auch, aber nicht im nationalen Sinne.

Die »Initiative Minderheiten« präsentierte zum österreichischen Nationalfeiertag 2005 inoffizielle »Minderheitenhymnen« als Ergebnis dieses erwähnten künstlerischen Prozesses. Mit kreativen Mitteln wurden Nationalismen hinterfragt und Gegenstimmen propagiert.

Das vorliegende Buch dokumentiert und erweitert die Projektinhalte. Im ersten Teil, der Texte beinhaltet, kommen AutorInnen unterschiedlichster fachlicher Ausrichtung zu Wort, die sich jeweils von ihrem Hintergrund her dem Thema nähern. Literarische, wissenschaftliche und journalistische Ansätze sind zu finden. Die Breite dieser Zugänge dient dem Thema »Hymnen«, das sich durch seine Komplexität einem eindimensionalen Zugang ohnehin verschließt. Es geht um Hymnen aus politikwissenschaftlicher und kulturwissenschaftlicher Sicht, es geht um gesellschaftspolitische und minderheitenspezifische Aspekte zum Thema Hymnen, es geht um einzelne künstlerische Bearbeitungen von bestehenden Texten und Melodien, sowie um die Vorlagen. Zum Teil sind die künstlerisch Beteiligten des Projektes auch die AutorInnen der Beiträge. Insofern ergab sich, zusätzlich zu den wissenschaftlichen Zugängen von Außen, auch die Möglichkeit einer reflexiven Innensicht, die gerade bei Minderheitenthemen durchaus wichtig und notwendig erscheint.

El Awadalla nimmt in ihrer »Glosse aus dem Abseits« die österreichische politische Situation rund um die österreichische Bundeshymnendiskussion des Jahres 2005 aufs Korn. Erwin Riess bearbeitet in seinem bekannten satirischen Format »Tritt und Groll« das Thema »nationale Symbole« und Behinderte. Es folgt ein Beitrag von Wolfgang Dietrich, eines Politikwissenschaftlers und Musikkenners, der sich grundsätzlich und fachübergreifend dem Thema Hymnen annähert. Der Artikel der Volksmusikforscherin Gerlinde Haid über »Hymnen« in der Volkskultur rollt völlig neue Aspekte auf und geht vom Gebrauch von Identitätsliedern in völlig unterschiedlichen Szenarien aus. Ursula Hemetek schreibt über die Romahymne, deren Qualitäten und deren Gebrauch, Martha Hammerer über das Lied »Üsküdara« und dessen Bearbeitung durch Sabri Tuluğ Tırpan. Helga

Pankratz bearbeitet die Geschichte und Vielfalt der musikalischen Identifikationen von Lesben und Schwulen in Österreich. Nada Zerzer, Mitglied des Chores des Klubs slowenischer StudentInnen in Wien, interpretiert kritisch die unterschiedlichen musikalischen Aktivitäten der Kärntner Slowenen, wobei »Rož, Podjuna, Zila« ein Zentrum bildet. Joško Vlasich, Musiker und Politiker, erläutert, warum er und die Gruppe Bruj es wichtig fanden, die Hymne der Burgenlandkroaten inhaltlich zurecht zu rücken.

Da es sich um völlig verschiedene Textformate handelt, deren individuelle Zugänge wichtig sind, wurde versucht, möglichst wenig redaktionell einzugreifen. Rechtschreibung und Zitierweisen wurden deshalb nicht vereinheitlicht.

Der Dokumentationsteil des Buches besteht aus einer CD, deren Grundlage der Live-Mitschnitt der Uraufführung aller Werke bildet. Der musikalische Prozess ist festgehalten und reproduzierbar gemacht. Worüber geschrieben wird, kann man auch hören.

Außerdem werden im Dokumentationsteil Liedtexte und Hintergrunddetails angeführt, sofern sie nicht bereits im Textteil des Buches vorkommen. Fotos ergänzen die Dokumentation. Buch und CD bilden eine Einheit.

Ursula Hemetek

Danksagung

Ich möchte mich bei folgenden Personen und Institutionen bedanken, die wesentlich zum Entstehen dieser Publikation beigetragen haben:

bei Cornelia Kogoj und Helga Kovrigar von der Initiative Minderheiten
bei Helga Pankratz von den Österreichischen DialektautorInnen
bei Harald Huber vom Institut für Popularmusikforschung an der Universität für Musik und darstellende Kunst Wien
beim Institut für Volksmusikforschung und Ethnomusikologie an der Universität für Musik und darstellende Kunst Wien
bei der Sargfabrik (Veranstaltungsort)
bei der Grünen Bildungswerkstatt Minderheiten
bei der Kulturabteilung der Stadt Wien
beim Bundeskanzleramt: Kunst
bei Hakan Gürses als Redakteur der »Stimme von und für Minderheiten«;
und besonders herzlich bei allen mitwirkenden MusikerInnen und AutorInnen, die dieses Projekt von Beginn an mitgetragen und wesentlich geformt haben.

El Awadalla

heimat, bist du großer madln voll begnadet in den wadln

Eine Glosse aus dem Abseits

Vor dem Nationalfeiertag 2005 hatte die Regierung, allen voran Ministerin Rauch-Kallat, die gern die Feministin gibt, wenn's nix kostet, die Idee, die Bundeshymne umzudichten. Die Frauen sollten endlich auch vorkommen, oh wie schön. Aus »großer Söhne« sollte »Töchter Söhne« werden. Das hätte sich angehört wie »Töchtersöhne«. Eine großartige Änderung, denn Töchtersöhne sind schlicht und einfach männliche Enkel und somit wiederum nur Männer. Dieselbe Ministerin, zuständig für »Gesundheit und Frauen«, die seit Jahren nicht davor zurückschreckt, für alle Gesetzesentwürfe zu stimmen, die den Frauen finanzielle und rechtliche Einbußen bescheren, hat jetzt doch noch ein Zuckerl für sie gefunden. Und während frau beim Arbeitsmarkservice (AMS) wartet, mit der Mindestpension wiedereinmal nicht auskommt, sich vor lauter Doppelbelastung zerspragelt, kann frau beruhigt die Bundeshymne singen, denn nun kommt sie darin vor – was für eine Freude! Und das schönste für die Frau Minsterin: das alles soll nix kosten. Doch so einfach ist es nicht. Denn Paula von Preradovic, von der der Text der österreichischen Bundeshymne stammt, war eine Dichterin und hat auch posthum das Recht, daß niemand in ihrem Text (was immer man/frau davon auch halten mag) herumpfuscht. Neben der billigen Abspeiserei der Frauen durch ein bißchen Hymnenpfusch zeigt die ganze ziemlich mißlungene Hauruckaktion auch, wie in Österreich mit SchriftstellerInnen umgesprungen wird: Paßt uns der Text nicht, ändern wir ihn einfach a bisserl. Denn Kunst, Literatur oder gar Urheberrechte sind dieser Regierung auch ziemlich egal. Die Ministerin hätte sonst ja auf die Idee kommen können, eine Neuausschreibung für die Bundeshymne zu organisieren. Heutige AutorInnen und KomponistInnen hätten vielleicht gern daran teilgenommen. Aber das geht ja nicht, denn in

Österreich sind nur tote DichterInnen gute DichterInnen. Den anderen wurden längst die Subventionen gekürzt, sodaß sie sich jetzt auch beim AMS anstellen müssen. Immerhin hat sich diese Regierung im Jahr 2000 selbst ins Programm geschrieben, die Kunst müsse zum Wirtschaftsfaktor werden. Die Ersparnis für den Staat gibts dabei nicht, dafür aber Schikanen für KünstlerInnen. Da die Bundeshymne hauptsächlich bei Fußballänderspielen und beim Schifahren zum Einsatz kommt, könnten die obigen Zeilen vielleicht als Änderung ausreichen. Ansonsten gilt: In Werke von AutorInnen, ob sie nun leben oder schon tot sind, ob sie gefallen oder nicht, ob sie politisch auf derselben oder auf einer anderen Linie sind, hat niemand, auch die Regierung nicht, einzugreifen.

Bleibt noch die Frage zu klären, wer sich denn überhaupt mit dieser Bundeshymne identifizieren kann. Nichtrepräsentative Umfragen in meinem Bekanntenkreis haben ergeben: niemand. Es hatte auch niemand eine konkrete Idee, wie denn eine Hymne, die zum freudigen Mitsingen einlädt, gestaltet sein sollte. Was soll darin vorkommen? Das ist schwer zu beantworten. Viel einfacher ist es, zu sagen vorauf man/frau verzichten könnte. Den BurgenländerInnen sind die Berge kein besonders Anliegen, die StäderInnen wiederum können gut auf die Äcker verzichten. Und das »vielgerühmte« versteht außerhalb der zweckoptimistischen Tourismusbranche sowieso niemand.

Das Intonieren von Nationalhymnen vor Fußball-Länderspielen ist wohl die häufigste Art, den eigenen und fremden Hymnen zu begegnen. Während der Fußball-Weltmeisterschaft 2006 in Deutschland boten die deutschen Fernsehsender als besonderes Service die Übersetzungen der Hymnen aller teilnehmenden Länder live im Teletext. Da ließ sich leicht feststellen, daß zumindest in diesen zweiunddreißig Staaten vorallem »Brüder«, Söhne« und »Soldaten« Pferde satteln, reiten, schießen, stechen und für die jeweilige Heimat oder das Vaterland gern und möglichst schnell sterben wollen. Österreich ist also nicht allein mit der weiblichen Absenz in seiner Hymne. Doch ein anderer vielgeübter Brauch wird der österreichischen Hymne erspart bleiben: englische und französische Fußballfans singen ihre Hymnen, um die Mannschaften anzufeuern. Die getragene Melodie der Bundeshymne wird von österreichischen Fans als ungeeignet empfunden, um die eigene Mannschaft zum Sprint zu animieren. Mittlerweile hat sich herausgestellt, daß das offizöse Gerede um die Bundeshymne nur eine Art Zwischenwahlkampf war. Also gehen wir alle wieder zur Tagesordung über? Nein, in einem kleinen Dorf der Minderheiten macht man/frau sich Gedanken um eine, um viele andere Hymnen …

Erwin Riess

Männer der Tat, Rosinen in Grappa, Rollstühle auf Flaggen

Eine Geschichte

An einem schwülen Sommertag stand Herr Groll, ein Berufsunfähigkeitspensionist aus Wien-Floridsdorf, im ersten Bezirk vor dem Haus Nummer Fünf Am Hof und las in einem Buch. Der Fußgängerstrom machte um den Rollstuhl einen Bogen, einige Passanten wollten dem vermeintlichen Bettler etwas zustecken, aber wenn sie sich zu Groll hinabbeugten, sah der sie so feindselig an, daß sie zurückzuckten. Wieder einmal stürmte ein Mann vorbei, im letzten Moment sah er den Rollstuhl und hielt an.

»Freund Groll, was machen Sie am Hof? Sie blockieren den Fußgängerverkehr und der ist, bei dem Touristenaufkommen im Sommer, beängstigend. Guten Tag!« Der Mann wollte Groll die Hand schütteln, bemerkte aber, daß er keine Hand frei hatte, denn in der einen trug er einen Panamahut, in der anderen eine Einkaufstasche.

Groll legte bedächtig ein Lesezeichen ein, klappte das Buch zu und legte es auf den Oberschenkeln ab.

»Ich grüße Sie, verehrter Herr Dozent«, sagte er. »Ich grüße Sie und füge hinzu: Es ist keine Überraschung, Sie hier anzutreffen.«

Der Dozent setzte den Panamahut auf und schüttelte Grolls Hand.

»Das klingt ja, als hätten Sie mich erwartet.«

»Das wiederum wäre zuviel gesagt«, erwiderte Groll. »Sagen wir, es ist eine Haltung zwischen der Erwartung des Unerwarteten und dem Hinnehmen des Unvermeidlichen, welche mich hier stehen läßt, äußeres Hindernis für die einen und innerer Anstoß für die anderen. Sie können es auch Antizipation nennen.«

»Ich bin mir, wie so oft, nicht über den Sinn Ihrer Worte im Klaren, geschätzter Groll«, sagte der Dozent. »Ich gehe einmal davon aus, Sie, von der gerade laufenden Fußballweltmeisterschaft angespornt, versuchen, jene Haltung auszuprobieren, die den verdienten Fußballspieler Zidane auszeichnet. Das Spielen mit einem sechsten Sinn, also dort zu stehen, wo das Spiel sich hin verlagert, mit einem Wort: magnetischer Mittelpunkt ungeordneter Verhältnisse zu sein.«

Letzteres sei ein Ding der Unmöglichkeit, entgegnete Groll. Denn das Wesen des Magnetismus liege in der Herstellung von Ordnung. Zwar einer solchen der niederen Sorte, aber immerhin, in der menschlichen Gesellschaft sei dies bereits die Vorstufe zur Zivilisation.

Mit einem skeptischen Blick nahm der Dozent Grolls Einwand zur Kenntnis, verzichtete aber auf eine Gegenrede, denn das Buch auf Grolls Beinen erregte sein Interesse.

»Darf ich fragen, was es mit diesem Buch auf sich hat? Es ist ungewöhnlich, mitten im Fußgängertrubel ein Buch zu lesen, noch dazu ein großformatiges.«

»Sie dürfen«, sagte Groll und schwieg.

Daraufhin meinte der Dozent, es mache diesen traurigen Scherz nicht besser, daß Groll ihn häufig anwende. Ob es sich bei dem Buch um einen Katalog neuer Donauschiffe handle, selbiges würde ihn bei Grolls Faible für die Binnenschifffahrt nicht wundern.

Groll reichte dem Dozenten das Buch, der blätterte darin und las laut.

»›Blutigrot und silbrig hell … Bild, Symbolik und Agitation in der frühen Arbeiterbewegung. Die Flaggen des Kampfes‹[1]. Sie befassen sich neuerdings mit Heraldik? Meine Verwunderung ist groß.«

»Sie wird kleiner, wenn Sie in Rechnung stellen, daß vor kurzem eine Hymne der behinderten Menschen veröffentlicht wurde. Und eine Flagge ist auch schon in Vorbereitung.« Groll griff nach dem Buch und legte es wieder auf seinen Oberschenkeln ab.

»Deshalb stehen Sie hier? Meine Verwunderung wächst von Minute zu Minute.« Der Dozent sah plötzlich auf. Eine Horde grölender deutscher Fußballfans stürmte Richtung Graben vorbei, Groll fuhr ein paar Schritte zurück, der Dozent folgte ihm mit drei schnellen Sprüngen.

»Ich stehe hier, weil im Haus hinter mir die Erste Österreichische

1 Josef Seiter. »Blutigrot und silbrig hell« … Bild, Symbolik und Agitation in der frühen Arbeiterbewegung. Bibliothek der Kulturgeschichte. Böhlau Verlag. Sonderband 7, Wien 1991

Fahnenfabrik untergebracht ist«, sagte Groll, der das Buch auf den Oberschenkeln mit seinem Blick fixiert hatte. Das Buch wackelte nicht einmal.

»In einer Viertelstunde habe ich einen Termin beim Juniorchef der Fahnenfabrik, einem weltweiten anerkannten Fachmann für Flaggen und Symbole, der unbeschadet seines Alters von achtundsiebzig Jahren ein aufmerksamer und wendiger Zeitgenosse ist, immer aufgeschlossen für neue gesellschaftliche Strömungen und ihre Bedürfnisse nach symbolhafter Verewigung. Ein Herr mit altmodischen Manieren und einem Geist auf der Höhe der Zeit – wendig und verspielt, dabei aber präzis und umsichtig. Da es nun eine Behindertenhymne gibt, muß ein zweiter Schritt, die Behindertenflagge, folgen.«

Der Dozent griff in die Einkaufstüte, zog ein Einmachglas hervor und öffnete es. Dann hockte er sich auf die Fersen und offerierte Groll das Glas. Der bedankte sich, holte zwei große grüne Rosinen hervor und steckte sie in den Mund.

»Hervorragender Grappa«, sagte Groll. »Wo haben Sie das her?«

»Vom ›Schwarzen Kameel‹ ein paar Schritt weiter«, sagte der Dozent. Eines der ältesten Weinhäuser Wiens und nach wie vor erste Adresse für klassische Wiener Küche und davon abgeleitete lukullische Pretiosen. Seine Mama pflege seit ihrer Kindheit hier einkaufen zu lassen. So unterhielten die beiden sich eine Weile und sprachen den eingelegten Rosinen zu, bis infolge einer unbedachten Bewegung die Einkaufstüte zur Seite kippte, worauf ein schmales Büchlein hervor rutschte. Groll hob es auf und blätterte darin.

»Ein wunderbares Buch«, sagte der Dozent. »Von einem englischen Historiker namens James Joll. Obwohl schmal und verdreckt, ist es ein Standardwerk über den Anarchismus.[2] Ich habe es heute morgen in einer Wühlkiste gefunden.«

»Sie interessieren sich für den Anarchismus?« Groll blätterte mit wachsendem Interesse in dem Buch von Kapitel zu Kapitel. Leise formten seine Lippen die Namen berühmter Anarchisten und Männer der Tat: Gracchus Babeuf, George Sorel, Buenaventura Durruti, Alexej Petrowitsch Kropotkin, Auguste Blanqui.

2 James Joll. Die Anarchisten. Frankfurt/M. 1965

»Diese Seite an Ihnen ist mir neu. Ich hielt Sie eher für einen Sozialdemokraten der romantischen Fraktion«, sagte Groll.

»Das ist kein Widerspruch«, sagte der Dozent. »Aber ich befürchte, Ihnen werde ich das nicht erklären können. Jemand, der glaubt, die Lage seiner Gruppe durch Hymnen und Flaggen verbessern zu können, der somit um einen besseren Platz im Staat sich bewirbt, wird wohl kaum ein Verständnis für Kämpfer aufbringen, die im Staat den Grund allen Übels sehen. Erst mit der Abschaffung des Staates, jeglicher staatlicher Organe und staatlicher Symbole könne eine Gesellschaft der Gleichen und die freie Assoziation freier Produzenten Wirklichkeit werden. Wer den Staat niederzwingt, erhöht die Menschen. So lautet die Auffassung dieser berühmten Autoren, und ich gestehe, ich kann mich nicht ganz der Faszination dieser Haltung entziehen.«

»Ich auch nicht«, sagte Groll. »Schauen Sie nur, da ist ein Satz unterstrichen: ›Heraus zur Hinwegsensung der räuberischen Finanzbourgeoisie!‹ Und hier: ›Töte ich den Erstbesten, treffe ich keinen Unschuldigen.‹«

»Denn jeder, der das Unrechtssystem nicht bekämpft, wird schuldig«, ergänzte der Dozent. »Ich kenne den Satz. Er ist aber eher metaphysisch gemeint, nicht praktisch.«

Groll sah erstaunt auf.

»Ich weiß, was Sie sagen wollen«, kam der Dozent ihm zuvor. »Die Kämpfer von Al-Kaida sind schlechte Theoretiker, aber entsetzlich praktisch veranlagte Menschen.« Es wundere ihn, daß der islamische Fundamentalismus nicht mit der Geschichte des europäischen Anarchismus verglichen werde. Man würde nicht nur eine Geistesverwandtheit, sondern, mehr noch, eine parallele Entwicklung, erkennen.

»Diese Leute und ihre Epigonen, die Frauen und Kinder – und sich selbst! – in die Luft sprengen, sind in meinen Augen religiöse Anarchisten, die in einem mörderischen Zirkelschluß gefangen sind: Wer lebt, ist schuldig; töten heißt Buße tun. Das Leben ein Todeskult.«

Groll widersprach. Das Ziel dieser Leute sei die Errichtung eines Staates, des Gottesstaates, auf Erden. Aber dieser Staat sei nicht mit unserem Staat vergleichbar, hielt der Dozent dagegen.

»Nein«, sagte Groll und bediente sich bei einem weiteren Glas eingelegter Rosinen, das der Dozent geöffnet hatte. »Politik ist der Kampf der Parteien um die Macht im Staat, und die Parteien wiederum sind mehr oder weniger Träger eines Klassen- oder Gruppeninteresses. Für schwache und ausgegrenzte Gruppen ist die Eroberung einiger staatlicher Kommandohöhen eine wichtige Sache, politische Symbole wie Flaggen oder Hymnen können hier für einige Zeit den Gruppenzusammenhalt und damit die Kampfkraft stärken.« Das treffe im besonderen bei seinesgleichen zu, fügte Groll hinzu. Gerade bei behinderten Menschen sei der Zusammenhalt äußerst schwach ausgeprägt, denn die meisten Behinderten schämen sich insgeheim vor sich selber – und vor ihresgleichen – für ihr Anderssein.

Das sei auch schwer anders möglich, erwiderte der Dozent. Denn wie solle jemand einen positiven Entwurf von sich selber bekommen, wenn die meisten öffentlichen Äußerungen von Politik und Medien, Architektur und Verkehrsbetrieben einer fortgesetzten Mißachtung und Geringschätzung der Gruppe gleichkämen? Wie sollten behinderte Menschen staatsbürgerliches Selbstbewußtsein entwickeln, wenn in ihrem Namen totalitäre Mitleids- und Spendenkampagnen losgetreten werden, in denen behinderte Menschen als hilflose, unnütze und problembeladene Objekte präsentiert werden?

Groll zog eine Rosine aus dem Glas und schob sie in den Mund.

»Wenn sie als behinderter Mensch in diesem Land öffentlich etwas gegen *Licht ins Dunkel* sagen, fallen alle über sie her: Die militanten Mitleidsmarschierer, die nicht kapieren wollen, daß sie der Sache der behinderten Menschen unermeßlichen Schaden zufügen und jene behinderten Menschen, die von *Licht ins Dunkel* eingekauft wurden, um Kritik abprallen zu lassen. Im zweiten Werbespot des Sozialministeriums für das unsägliche Behindertengleichstellungsgesetz taucht ein gehörloser Oberarzt auf, der vorgibt, er habe seinen Arbeitsplatz aufgrund der generösen Leistung der Regierung gefunden und sei rundherum glücklich. In Wirklichkeit ist dieser Mann, ein gehörloser Architekt, seit Jahren verzweifelt auf der Suche nach Arbeit. Aber einen gehörlosen Architekten will sich niemand zumuten. Mann kann es dem Mann nicht einmal verdenken, daß es bei dieser Lügen- und Heucheleiaktion mitgemacht hat. So hat er wenigstens für sich und seine Familie ein paar Euro verdient. Aber wenn Sie in Ruhe über diesen flagranten Sozialbetrug der Sozialministerin nachdenken, brauchen Sie viele Rosinen und noch mehr Grappa, um nicht zum bombenwerfenden Anarchisten zu werden.«

»Es scheint, die politische Lage für ihresgleichen ist fatal«, merkte der Dozent an.

Groll nahm einen Schluck vom Grappa und setzte dann fort: »Bei näherem Hinsehen ist sie rettungslos verfahren. Noch dazu, wo unsere Gruppe in sich selber rettungslos gespalten ist, weil die wenigen behinderten Menschen, die es geschafft haben, eine Nische im Politik- und Staatsapparat zu besetzen, aus Angst, Konkurrenten großzuziehen, Informationen und Einfluß monopolisieren, während wiederum jene, die nicht an den Töpfen des herrschenden Systems hängen, sich innerlich vor Neid und Mißgunst zerfressen. Unter solchen Bedingungen Politik zur Emanzipation der Gruppe zu machen, ist als ob sie mit einem Seil zwischen den Zähnen ein Donaufschiff stromaufwärts ziehen wollten.«

Der Dozent wagte einen Widerspruch: Eine Hymne, eine Flagge können bei den Zersplitterten zumindest ein staatspolitisches Bewußtsein der Gleichartigkeit schaffen. Wenn man um die Begrenztheit der Wirkung dieser Symbole weiß, kann man es durchaus einmal mit einer Flagge der behinderten Menschen versuchen. Die Geschichte der Arbeiterbewegung zeige, daß Flaggen durchaus eine positive Rolle im Emanzipationsprozeß spielen. Auch wenn die Arbeiterbewegung untergegangen sei – dieser Zusammenhang, der begrenzte Nutzen von Symbolen, gelte auch für neue Gruppen, die um ihren Anteil an der Macht im Staat und der Gesellschaft kämpfen.

Aus diesem und keinem anderen Grund stehe er hier, sagte Groll.

Minuten später öffnete der Dozent ein weiteres Glas. Als sie auch das unter allerlei Erörterungen über Flaggen, Hymnen, Parlamentsgebäude und Staatsanleihen geleert hatten, äußerte der Dozent das Bedürfnis ins »Schwarze Kameel« zurückzukehren, um Nachschub für den Geburtstag seiner betagten Mama zu besorgen. Daraufhin beglückwünschte Groll den Dozenten zu dieser aufrechten Haltung und fügte hinzu, sie sei wahrlich eines Sohnes würdig. Schade nur, daß die Mutter diese liebende Fürsorge nicht verdiene.

Der Dozent wußte um Grolls Vorbehalte seiner Mutter gegenüber. Die alte Dame hatte es einmal gewagt, Grolls Wunsch nach einer Rampe zur Überbrückung der zwei Stufen am Eingang der Hietzinger Villa, in der Mutter und Dozent wohnten, mit der Bemerkung, sie lege keinen Wert auf den Besuch von Sozialschmarotzern aus der Vorstadt, zu kommentieren. So sagte der Dozent nichts und verneigte sich nur stumm. Federnden Schritts eilte er davon.

Groll sah auf die Uhr und fischte aus dem Netz des Rollstuhls einen Zeichenblock hervor. Er klappte ihn auf und studierte eine Kohlezeichnung, an der er die eine oder andere kleine Änderung vornahm.

Bald war der Dozent mit neuen Gläsern zurück. Als Groll ihn sah, versuchte er, den Zeichenblock zu verstecken. Zu spät.

»Sie müssen mir unbedingt den Entwurf für Ihre Flagge zeigen!« rief der Dozent. »Verbergen Sie den Entwurf bitte nicht vor mir!«

»Ich weiß nicht – niemand hat ihn bisher gesehen. Die Flagge der behinderten Menschen ist ein Geheimnis. Noch!« sagte Groll.

Der Dozent beeilte sich, ein Glas Rosinen zu öffnen. »Nehmen Sie nur einen Schluck.«

»Sie meinen?« Groll zögerte.

»Trinken Sie ruhig. Ist doch egal, ob wir den Grappa zu den Rosinen oder vorher einnehmen. Manchmal muß man zu unkonventionellen Lösungen Zuflucht nehmen, wenn man etwas erreichen will.«

Groll nahm einen Schluck vom Grappa und dann noch zwei. Das Ansinnen des Dozenten kam ihm mit einem Mal sehr vernünftig vor. Es sei wichtig, den Entwurf mit den Massen abzusprechen, dachte Groll bei sich, das gebiete die Demokratie. Dann weihte er den Dozenten in sein Vorhaben ein. Der Dozent stehe nun stellvertretend für die Massen, der Grappa und die Rosinen stünden für die Einleitung einer demokratischen Versammlung und die Verlesung von Grußadressen befreundeter Gruppen und Verbündeter im Kampf. Minderheiten wie die Schwulen und Lesben, die Migranten und Migrantinnen, alte und ausgegrenzte Menschen sowie ethnische und soziale Minderheiten wie Roma und Sinti, Kroaten und Marchfeldslowaken sowie autochthone Binnenschiffer würden die Sache der Behindertenemanziaption solidarisch unterstützen. Auch wenn es sich noch nicht bei allen herumgesprochen habe, so sei doch davon auszugehen, daß mit dieser Einheitsfront der Unterschiedlichen eine unbeugsame und unüberwindliche Macht erwachsen sei.

Zwischen dem dritten und dem vierten Glas Rosinen besorgte der Dozent zwei Pußtawürste mit Senf und zwei Flaschen Bier zur Flüssigkeitszufuhr. Groll hatte dem Dozenten den Polster seines Rollstuhls abgetreten, sodaß sie, während der nicht abreißende Strom an Fußgängern an ihnen vorüberwogte, auf gleicher Höhe saßen und den Entwurf debattierten. Es gab hitzig vorgetragene Wortmeldungen, Aufrufe zur Besonnenheit, Ausrufe der Freude und des Protests und das Geräusch kollernder Bierflaschen, mit einem Wort, es war eine Massenversammlung, auf der eine erregte Menschenmenge den Entwurf zur Flagge der behinderten Menschen diskutierte, der später von der Ersten Österreichischen Fahnenfabrik zu einer muteinflößenden Standarte weiterentwickelt werden sollte. Wie der Entwurf aussah, kann hier nicht verraten werden. Nur soviel sei gesagt, daß die schwarze Farbe eine Rolle spielte, ein weißer Totenkopf auf Rädern sowie gekreuzte Knochen. Und: Zwischen den Hauptkontrahenten der Massenversammlung herrschte keine Einigkeit.

Wolfgang Dietrich

Hymne und Nation – eine politikwissenschaftliche Sicht

Die These: Die Nation ist ihre Hymne

Wer sich der Frage von Hymnen aus politologischer Sicht annähert, wird sich vorerst nicht um die ästhetischen Aspekte von Text und Musik kümmern, sondern das künstlerische Zeichen auf seine kommunikative Absicht hin untersuchen. Unter welchen Voraussetzungen ist eine Hymne eine Hymne? Wer hat eine Hymne? Wer hat warum keine? Für welche Zwecke und bei welchen Anlässen werden Hymnen von wem verwendet? Wer sind Sender und Empfänger des kommunikativen Vorgangs, wenn Hymnen gespielt und gesungen werden? Sollten wir unsere Hymnen mögen? Müssen wir aufstehen, wenn sie erklingen?

Die Hymne als künstlerischer Typus ist ursprünglich ein zur Preisung von Göttern, Helden oder Natur gedachter Lobgesang. Seit Beginn des 19. Jahrhunderts, und somit seit der in Europa flächendeckenden Entstehung des Nationalstaates, ist aber die Nationalhymne der Idealtypus. Die Nation tritt also mit der Aufklärung auch für die Hymne strukturell an jene Stelle, die vormals die Götter, das Göttliche/Natürliche oder der Eine Gott innehatten. Im Zuge der allgemeinen Säkularisierungsprozesse in der Moderne erscheint dies als folgerichtiger Vorgang.

Es sei an dieser Stelle jedoch unterstellt, dass die Nationalhymne nicht – wie von der Aufklärung gemeinhin beansprucht – auf ein »objektiv« existierendes Geflecht, nämlich die Nation, abzielt, sondern just auf den metaphysischen Aspekt des Konstruktes »Nation«. Die These dieses Aufsatzes lautet somit: Die Hymne ist nicht der höchste musikalische und lyrische Ausdruck der nationalen Gemeinschaft, sondern die Nation wird aus der bewussten Setzung der metaphysischen Symbolik der Hymne und ähnlicher kommunikativer Zeichen erst geboren. Oder noch zugespitzter: Die Nation *hat* nicht eine Hymne, sie *ist* eine Hymne.

Die Nation als Trägerin der Hymne

Alle Staaten der Welt haben eine Hymne und betrachten diese als ein durch Gesetz festgelegtes und geschütztes Symbol ihrer Gemeinschaft. Und bereits an dieser Stelle müssen wir fragen, ob es denn wirklich zutrifft, dass alle Staaten und Nationen eine Hymne *haben*, oder ob es nicht viel mehr so ist, dass sie eine Hymne *sind*. Diese Frage drängt sich aus politologischer Sicht deshalb auf, weil wir heute wissen, dass jede aktuell wahrzunehmende Erscheinungsform der Nation ein Konstrukt ist:

- Die *Herkunftsnation* ist eine herrschaftliche Ideologie, die zumeist einen Gründermythos von Helden, legendären Eroberungen oder Niederlagen bemüht, der geschichtswissenschaftlicher Überprüfungen nicht standhalten kann. Die entsprechenden Ereignisse mögen zwar mehr oder minder in der erzählten Form stattgefunden haben, Gesellschaften oszillieren aber viel zu dynamisch, als dass noch so dramatische Einzelereignisse nach ein paar Generationen für alle Mitglieder einer Gemeinschaft verbindliche Wirkung haben könnten.[1] Menschliche Gemeinschaften sind nie statisch, sondern sie verändern ihre Zusammensetzung permanent. Ein vektoraler Zusammenhang von Ursache und Wirkung als Gemeinschaft konstituierende Kraft kann daher über längere Zeiträume hinweg nicht bestehen. Gemeinschaft definiert und legitimiert sich laufend neu. Zwar leitet sie sich dabei aus Vergangenem ab, aber nicht in einer monokausalen Wirkungskette.

1 Damit soll nicht bestritten werden, dass es ein »kollektives Gedächtnis« gibt. Allerdings ist hier zwischen der spontanen Erinnerung vernakulärer Gemeinschaften oder der Spezies einerseits und der hoheitlich verordneten »Geschichte« politischer Institutionen wie dem Nationalstaat andererseits zu unterscheiden. Ersteres ist ein energetischer Vorgang von hoher psychologischer Relevanz, letzteres ein herrschaftlicher Akt, der sich aus der faktischen politischen Macht zur Interpretation der Gegenwart ableitet. Siehe etwa Halbwachs, Maurice: Das kollektive Gedächtnis; Frankfurt, 1985.

- Ebenso ist die *Sprachnation* ein herrschaftliches Konstrukt, wie die Geschichtswissenschaft gerade am Beispiel der ersten modernen europäischen Sprache – dem spanischen Castellano seit Elio Antonio de Nebrijas berühmter Grammatik aus dem Jahr 1492 – belegen konnte.[2] Der natürliche Umgang der Menschen mit Sprache ist kleinräumig und vielfältig. Die keineswegs gewaltfreie Einführung von großflächigen Einheits- oder Nationalsprachen in Europa und seinen Kolonien geht mit der Erfindung des modernen Nationalstaates Hand in Hand. Die herrschaftlichen Absichten hinter diesem Projekt sind zu gut belegt, als dass man dahinter den Willen irgendeines *Demos* vermuten könnte.
- Die *Vertragsnation* schließlich bemüht sich erst gar nicht, die Konstruiertheit ihres Seins zu leugnen. Sie ist, weil es normativ so festgelegt wurde, und es gehört dazu, wer sich der entsprechenden Norm unterwirft. Sie ist der reinste Ausdruck aufgeklärten Staatsdenkens vor allem in der Zeit nach dem Zweiten Weltkrieg.[3]

Das heißt, jede gängige Begründung für das Bestehen einer Nation – von der Schicksalsgemeinschaft bis zur Vertragsnation – erweist sich als Konstrukt, im Regelfall überdies als Konstrukt in einem herrschaftlichen Diskurs, der darauf abzielt, dem Substrat des Nationalstaates, also dem »Volk«, aus herrschaftlicher Sicht zu erklären, dass die Dinge so wie sie sind, schon richtig sind.

Da es nun eine Eigenschaft von Konstrukten ist, dass sie nicht aus den Herzen sondern in die Köpfe der Menschen getragen werden, benötigt ein solcher Diskurs kommunikative Zeichen. Die häufigsten und bekanntesten davon sind Flagge, Wappen und Hymne, gefolgt von »Wahrzeichen« wie Plätzen, Bauten, Gedenkstätten, Naturdenkmälern, Uniformen, Trachten, Speisen und ähnlichem. Ganz allgemein könnte man vielleicht sagen: Je wackeliger das diskursive Konstrukt, je zweifelhafter die Existenz einer Nation, je geringer ihre Akzeptanz, desto mehr Zeichen für ihre Existenz benötigen die jeweiligen Eliten.

2 Überzeugend herausgearbeitet von Todorov, Tzvetan: Die Eroberung Amerikas – Das Problem des Anderen; Frankfurt, 1982. S. 151.

3 Anderson, Benedict: Die Erfindung der Nation. Zur Karriere eines folgenreichen Konzepts; Frankfurt, 1988.

Guatemala etwa, ein Land, das zu zwei Dritteln von Mayas bewohnt wird, die sich dem völkerrechtlich anerkannten »Nationalstaat« nicht verpflichtet fühlen, verfügt neben den oben angeführten Symbolen auch über einen durch die Verfassung geschützten Nationalbaum, eine Nationalblume, einen Nationalvogel, ein Nationalinstrument und so fort.[4]

Das Dilemma all dieser nationalstaatlichen Bemühungen liegt nun darin, dass die konstruierte Setzung der Nationalsymbole zu offensichtlich, zu nachweisbar und bewusst ist, als dass die jeweiligen Eliten behaupten könnten, sie wären der »natürliche« Ausdruck des gemeinschaftlichen Seins. Am europäischen Kontinent ist die älteste Nationalhymne, die holländische »Het Wilhelmus« gerade einmal 400 Jahre alt. Die meisten aber sind deutlich jünger und stammen aus dem 19. oder 20. Jahrhundert. Der Mythos, den sie feierlich beschwören, gilt nicht für ihre eigene Entstehungsgeschichte, nicht für ihre Erhebung in den offiziellen Status. Sie sind Arbeiten, welche politische Eliten in Auftrag gaben, um ihr eigenes Herrschaftsprojekt kommunizierbar zu machen.

Ein Dilemma ist das deshalb, weil die Hymne, ist sie erst einmal geschrieben und gesetzt, die schicksalhafte Zusammengehörigkeit einer bestimmten »Nation« ausdrücken soll. Sie tut so, als käme sie aus einer gemeinschaftlichen Verbundenheit, die in der Tiefe eines vorhistorischen oder zumindest lange zurück liegenden Ursprungs wurzelt. Sie tut so, und doch wissen alle, dass dies nicht so ist. Und so offenbart die Hymne durch ihre eigene Geschichte auch den Mythos der jeweiligen Nation als eher kurzfristiges und relativ vergängliches Herrschaftsprojekt, wie wir es am Zerfall und der Neuformierung vermeintlich unerschütterlicher Staatswesen in unserer unmittelbaren Nachbarschaft vor wenigen Jahren bezeugen durften.

Dass die Hymne als Setzung dennoch sozialmächtig werden kann, liegt daran, dass die sie setzenden Eliten auf einen durchaus vorhandenen und im engeren Sinn natürlichen Reflex von Gemeinschaft rekurrieren und diesen dekontextualisieren. Menschen wollen

4 Ausführlich diskutiert habe ich das in: La marimba: lenguaje musical y secreto de la violencia política en Guatemala; in: América Latina Hoy – Revista de Ciencias Sociales Vol 35. Salamanca/Spain, December 2003.

offensichtlich zu anderen Menschen gehören. Sie bilden Systeme und Gemeinschaften. Zu allen Zeiten haben sich Individuen zu Gemeinschaften zusammengeschlossen, deren Zweck stets über den Erhalt des nackten Lebens hinaus reichte. Diese Minisysteme[5] entwickelten ein Gefühl der Zusammengehörigkeit, das sich in spezifischen Kommunikationssystemen ausdrückte. Musikalisch gesprochen ist dieses Kommunikationsmittel das Lied in all seinen lokalen, historischen und thematischen Varianten. Und selbstverständlich gehört auch die Hymne hierher, das Lied zur Preisung der selbst erfahrenen Göttlichkeit, der eigenen Art, des eigenen Seins. Im vernakulären[6] Kontext entstehen aber all diese Kommunikationsmittel aus dem gemeinschaftlichen Handeln und Dasein zu einem spezifischen Zeitpunkt an einem konkreten Ort. Klang und Stimme sind nicht vom Sprechenden oder Singenden zu trennen. Der Frieden ist relational, beziehungshaft. Wie die Musik basiert er auf der Harmonie der zwischenmenschlichen Kommunikation, also auf der Art, wie konkrete Menschen mit einander in Resonanz gehen.

Zerfällt das Minisystem, vergehen mit ihm seine Ausdrucksmittel und so auch seine Lieder. Und es bleibt niemand über, der das bedauern würde, denn die spezifische Form der Kommunikation gehört nur zu dem einen gemeinschaftlichen Dasein, welches sie hervorgebracht hat. Außerhalb dieses Zeichensystems können die unter dieser Voraussetzung nur als Plural vorstellbaren vernakulären Musiken wohl perspektivisch interpretiert, nicht aber im strengen Sinn »verstanden« werden. Was an ihnen Kunst ist, ist nicht dinghaft.[7]

Um sich die politische Bedeutung von Musik in vormodernen

5 Das »Minisystem« ist ein zentraler Begriff für das Gesellschaftsverständnis innerhalb der Weltsystemanalyse. Vergleiche zusammenfassend dazu Wallerstein, Immanuel: Der historische Kapitalismus; Hamburg, 1984.

6 Als »vernakulär« bezeichnet Ivan Illich all das, was – im Gegensatz zum durch Kauf von außen Erworbenen – im weiteren Sinn »im Haus« geboren, gesponnen, gezüchtet, aufgezogen oder gemacht wird. Zur etymologischen Herleitung und sozialwissenschaftlichen Verwendung des Begriffs siehe Illich, Ivan: Genus – Zu einer historischen Kritik der Gleichheit; Reinbek, 1983. S. 178.

7 Der nachfolgende historische Abriss ist eine Zusammenfassung der umfangreicheren Argumentation in meinem Buch: Samba Samba – eine politikwissenschaftliche Untersuchung zur fernen Erotik Lateinamerikas in den Schlagern des 20. Jahrhunderts; Wien, 2002. S. 11–29.

Gesellschaften vorstellen zu können, muss sich der (post-)moderne Beobachter ins Bewusstsein rufen, dass die hierarchische Rollentrennung von Komponist, Interpret und Zuhörer eine musikgeschichtlich sehr junge ist. Wenn hier also von Musik die Rede ist, so geht es vorerst nicht um die konzertante Aufführungsmusik oder gar um auf Tonträgern festgehaltene Übertragungsmusik, sondern um Gebrauchsmusik in jenem vernakulären Sinn.

Die kommunikative und ästhetische Energie der Gemeinschaft resultiert in diesem Bild aus der Dynamik der konkret vorhandenen Gruppe. Dies ist eine Vorstellung, die an die Organisationsform des Minisystems gebunden ist. Sobald aber menschliche Gemeinschaften diese Form und Größe überschreiten, und das ist mit der Einführung des modernen Nationalstaates zweifelsfrei geschehen, verklingen mit dem Minisystem als Organisationsform auch das Lied und die Hymne als authentische musikalische Ausdrucksform des eigenen Daseins.

Erst als im Zuge der Nationalstaatsbildung sorgsam darauf geachtet wurde, das vernakuläre Musizieren zu vernichten und buchstäblich dem Vergessen anheim zu stellen, konnte der Nationalstaat auf der Basis des Mythos vom gemeinsamen Ursprung und vom gemeinsamen »Empfinden« des Volkes, wie es angeblich in der »Volksmusik« seinen Ausdruck findet, prosperieren.

Dieser Exkurs zum Vernakulären ist für die politologische Interpretation der Hymne wichtig. Politikwissenschaft befasst sich mit den Fragen der Organisation sozialer Gebilde, der Herrschaft und der Sicherheit, der Freiheit und des Friedens. Das Stammwort »frei«, aus dem sich, Friede, Freiheit und Freundschaft als Abstrakta differenzierten, leitet sich etymologisch aus »eigen« ab.[8] Das *Eigene* als Bezugspunkt zum *Friedlichen* kann aber nicht im modernen oder römisch-rechtlichen Sinn als das verstanden werden, wofür man einen Rechtstitel hat, sondern es geht dabei eben um jenes *selbst Hervorgebrachte.*

Wer Gesellschaft (Freundschaft), Frieden und Freiheit so versteht, muss zwangsläufig von der sich in seiner Weltsicht laufend bestäti-

8 Kluge, Friedrich: Etymologisches Wörterbuch der deutschen Sprache; Berlin, New York, [22]1989. S. 230.

genden Erfahrung ausgehen, dass nicht nur die eigene Gemeinschaft in diesem Sinn vernakulär tätig wird, sondern auch andere. Und der Respekt vor dem vernakulären Tätigsein der anderen, ohne Gewissheit auf Gegenseitigkeit und ohne Rekurs auf die Sicherheit stiftende Kraft einer übergeordneten Instanz ist die prekäre, riskante, aber einzig denkbare Möglichkeit zur Bewahrung der eigenen Freiheit. Wer einen Kompromiss mit der Sicherheit eingeht, gibt im Ausmaß seines Zugeständnisses die eigene, vernakuläre Freiheit auf. Dies geschah systematisch, als sich im »langen 16. Jahrhundert«[9] das kapitalistische Weltsystem ausbildete und dabei zuerst auf der Ebene der neu entstehenden Nationalstaaten und bald auf »internationaler«, schließlich weltweiter Ebene jene Prozesse der Vereinheitlichung vollzogen, die Voraussetzung der Moderne waren. Unter Moderne wird dabei jenes Gesellschaftsprojekt verstanden, welches von Newton'scher Physik, cartesianischem Reduktionismus und dem Hobbes'schen Nationalstaatsdenken geprägt ist. Musikgeschichtlich reifte dieser Prozess seit der Mathematiker Leonhard Euler vorschlug, die Oktave mit Hilfe von Logarithmen in exakt gleich große Abschnitte zu unterteilen, und Andreas Werckmeister dies in die Musik einführte. Ab da übernahm die mathematisch orientierte, verstehende Auslegung der Tonzeichen immer mehr die Herrschaft über die Praxis des »niederen« Volks. Ähnlich wie im Bereich der Sprache ließ sich damit »richtiges« vom »falschen« Musizieren unterscheiden.[10] Jener Hang zur Vereinheitlichung durchzieht mit der »gleich schwebenden Temperierung« zuerst das Zeitalter des Barock. Johann Sebastian Bach machte salonfähig,[11] was Leibnitz und Newton mathematisch, Descartes philosophisch und Hobbes politisch vorbereitet hatten.

Von der Renaissance bis zur Klassik – also parallel zur Aufklärung mit ihrem universalistischen Wahrheitsanspruch und parallel zur

9 Wallerstein, Immanuel: The Modern World System I; Capitalist Agriculture and the Origins of the European World Economy in the Sixteenth Century; New York, 1974.

10 Blaukopf, Kurt: Musik im Wandel der Gesellschaft; München, 1984. S. 185–197

11 Bach ist nicht der »Erfinder« der gleich schwebenden Stimmung, gleichwohl der erste Komponist, der sich über ihre konsequente Nutzung einen Namen machte. Und der prominente Name des Schöpfers wird in der Musikgeschichte erst mit Bach ein Thema.

Ausbildung des Gewaltmonopols von Territorialstaaten – bildete sich in Europa die hierarchische Aufführungsmusik aus, bei der sich die Rollen zwischen einem schöpfenden Komponisten, einem aktiven Interpreten und den passiven Zuhörern immer stärker unterschieden. Musik wurde Expertensache. Die industrielle Revolution löste nicht nur im Waffen-, Schiffs- und Eisenbahnbau jenen Quantensprung aus, welcher Machthaber zur beschleunigten Steigerung ihrer kriegerischen Zerstörungspotentiale ermächtigte. Sie bewirkte auch einen durchaus vergleichbaren Akt kultureller Gewalt. Die Einführung des Eisenrahmens und der Eisenverspreizungen im Klavierbau zu Beginn des neunzehnten Jahrhunderts kann sinnbildlich als eine kriegerische Wende im menschlichen Musikschaffen und Musikempfinden, als die Erfindung der kulturellen Artillerie, bezeichnet werden. Die neuen Klaviere waren nicht nur die technologische Voraussetzung für die Ausweitung der Möglichkeiten virtuoser Genies der eben erst voll entfalteten Aufführungsmusik.[12] Die mit Eisenrahmen ausgestatteten und als industrielle Fließbandware gefertigten Klaviere gestatteten vielmehr die weltweite und von jeglichem klimatischen Unbill unabhängige Verbreitung der gleich schwebenden Stimmung und des Kammertons. Dies ist der historische Augenblick, in dem unzählige vernakuläre Stimmungen, Instrumentierungen und damit Kommunikationssysteme von dieser ersten globalen Gewaltstimmung materiell zu unwiderruflich »falschen« erniedrigt werden.[13]

Von ihrer ursprünglich Gemeinschaft stiftenden Funktion für alle Beteiligten entwickelte sich die »richtige Musik« hin zu einer Aufführungsware, bei der es zuerst möglich, dann immer wahrscheinlicher wurde, dass emotional unbeteiligte Professionalisten der Musik den zum Publikum degradierten Massen handwerklich perfekt gefertigte, aber inhaltlich leere Tonzeichen vorsetzten.

Man könnte nun einfach sagen, die Musik habe die Reduzierung und Vereinheitlichung in der Logik des Cartesianisch-Newton'schen Weltbildes »erlitten« und sei damit schlichter Indikator schwerwiegender Standardisierungsprozesse in den Gesellschaften insgesamt.

12 Berühmtestes Beispiel ist Franz Liszt

13 Ausführlich dazu die faszinierende Beschreibung bei Blaukopf, Kurt: Musik im Wandel der Gesellschaft; München, Zürich, 1982. S. 88–98.

Musik drückt aber nicht nur die veränderte Weltsicht der Moderne aus. Die gleich schwebende Stimmung und der Kammerton waren gemeinsam mit der Notenschrift und den elektro-magnetischen Tonträgern die wesentlichen Vehikel, um die Töne als musikalische Kommunikationszeichen von den konkreten Bedeutungsinhalten ihres Entstehens und den zum jeweiligen Kontext gehörenden Referenten zu lösen.

Hermann von Helmholtz definierte das nachdrücklich und folgenschwer in seiner *Lehre von den Tonempfindungen als Grundlage für die Theorie der Musik*. Für ihn war das Tonsystem ein absolutes, physikalisches im Gegensatz zur vormodernen Ästhetik, welche Musik seit den Lehren des Pythagoräers Nicomachus von Gerasa[14] als Kunst der Beziehungen verstanden hatte. Damit wird Musik endgültig der vernakuläre Charakter entzogen und sie wird institutionell domestiziert. Klang und Stimme sind nach Helmholtz von Bedeutung und Absicht des Sprechers objektiv trennbar. Individuelle Erfahrungen und Sinne sind objektiven Bedeutungen untergeordnet.[15]

Erst diese Trennung der Töne und Klänge von ihrer Bedeutung macht sie beliebig übertragbar. Die konkret definierte, also begrenzte Vielfalt musikalischer Zeichensprachen wich der Indifferenz der ihrer Bedeutung in Raum und Zeit entleerten Tonzeichen, die sich von nun an gerade wegen ihrer subtilen Ortlosigkeit widerstandslos im Äther zu verbreiten und in Gemeinschaften aller Art einzudringen vermochten. Sind die Hörgewohnheiten erst einmal der gleich schwebenden Stimmung und dem a' unterworfen, so ist die Übertragungsmusik, die im Regelfall von musikalischen, organisatorischen und technischen Experten zum Zweck der möglichst weltweiten Verbreitung hergestellt wird, vor diesem Regeldiktat jeder vernakulären Ausdrucksweise hoffnungslos überlegen. Es überrascht also nicht, dass die Menschen,

14 Nicomachus lebte im ersten Jahrhundert vor Christus. Seine Musiktheorie hatte wesentlichen Einfluss auf die europäische Geschichte der nachfolgenden Jahrtausende. Es verstand Musizieren als eine relationale gemeinschaftliche Tätigkeit und unterschied sich daher grundlegend von den Lehren, die sich mit Euler, Werckmeister und vor allem Helmholtz herausbildeten. Levin, Flora Hg.: The Manual of Harmonics of Nicomachus the Pythagorean; Phanes Press, 1993.

15 Helmholtz, Hermann von: Lehre von den Tonempfindungen als Grundlage für die Theorie der Musik; Braunschweig, 1863.

welche dieser Übermacht ausgesetzt sind, sich von der vernakulären Musik ab- und der globalen Übertragungsmusik zuwenden.[16]

Auch die Hymne in ihrer Erscheinungsform als Nationalhymne ist diesem Prozess unterworfen. Damit wird offensichtlich, dass es gerade die Universalisierung von musikalischen wie auch von verfassungs- und völkerrechtlichen Standards in der Moderne ist, welche einerseits den Nationalstaat als Prinzip und andererseits die Hymne als eines seiner zentralen Symbole ermöglicht. Soll die Hymne vordergründig die Unterscheidung der eigenen Nation von allen anderen ausdrücken, so ist die dahinter stehende musikalische Regel eine normative und universal standardisierte Expertensprache. Die Nation schafft also per Gesetz die Voraussetzung für das Entstehen ihrer Hymne, um sich ihrerseits über diese Hymne selbst zu konstruieren. So wie das Völkerrecht als von den nationalen Eliten geschaffener Normenkatalog die Voraussetzung für die globale Anerkennung von Nationalstaaten schafft, die sich innerhalb dieses normativen Rahmens selbst als existent deklarieren. Der universale Charakter dieses Vorgangs ist notwendig, weil die konstruierte Unterscheidung der Nationen von einander erst im Rahmen des universalisierten Kommunikationssystems möglich wird. In einem heteronomen musikalischen Sprachspiel könnte sich die Nation nicht über die Hymne identifizieren, weil sie außerhalb ihres engeren, eigenen Bezugssystems nicht verstanden würde. So wie innerhalb eines heteronomen Normensystems dem Nationalstaat der verbindliche Bezugspunkt für den Nachweis seiner Existenz abhanden käme.

Die Hymne als Trägerin der Nation

Wurde im vorangegangen Kapitel die Eingangsthese aus der Sicht der Nation als Trägerin der Hymne überprüft, so soll nunmehr die Gegenprobe aus der inversen Position versucht werden. Wenn wir in systemtheoretischer Manier darin übereinstimmen, dass menschliche Gesellschaften, ja die Spezies Mensch insgesamt, ein System bilden, so

16 Dazu immer noch lesenswert Adorno, Theodor: Dissonanzen, Einleitung in die Musiksoziologie (= Gesammelte Schriften 14); Frankfurt, 1997. (Erstauflage 1956); S. 67 ff.

folgt daraus, dass alle einzelnen Elemente (Individuen) dieses Systems in Beziehung zu einander stehen. Der Mensch als Individuum, als soziales Wesen und als Gattung bildet somit Holons,[17] die mit einander kommunizieren. Kommunikation ist ein energetischer Vorgang, sodass man sich das Holon »Mensch« als ein vibrierendes Ganzes vorstellen darf.[18] Vibrationen sind nichts anderes als physikalische Schwingungen und als solche messbar. *Nada Brahma – Die Welt ist Klang* titelt in diesem Sinn das berühmte Buch von Ernst-Joachim Berendt[19] in Anlehnung an Niels Bohr, und Systemtheoretiker wie Ervin Laszlo[20] oder Friedensforscher wie Johan Galtung[21] nehmen diesen Ansatz als Ausgang für ihre Analysen von gesellschaftlichen Zusammenhängen, Blockaden und der Transformation konfliktiver in konstruktive Energie.

Wenn die Hymne also in der ursprünglichen Bedeutung des Wortes das Dasein des Menschen in der göttlichen Ganzheit preisen sollte, so könnte man argumentieren, dass die einzig wirkliche Hymne dieser Spezies die Gesamtheit der kommunikativen Schwingungen zwischen den Elementen dieses Holons sein kann, der kosmische Klang.[22] Diese Gesamtheit ist allerdings mit herkömmlichen wissenschaftlichen Methoden nicht messbar, weil das erkennende Subjekt dabei stets Teil des zu erkennenden Ganzen bleibt. Es gibt für die menschlichen Sinne kein »außen«, von dem aus sie auf das Holon »Mensch« schauen oder hören könnten.

Die Wahrnehmung dieser Gesamtheit mit menschlichen Sinnen erfolgt wohl eher über jene (Teil-)Schwingung, Musik, die nach um-

17 Arthur Koestler nannte das, was in einem Zusammenhang ein Ganzes ist und zugleich in einem anderen ein Teil, ein Holon. Ein Buchstabe ist für sich allein ein Ganzes, aber Teil in einem ganzen Wort, das seinerseits Teil eines ganzen Satzes ist, der seinerseits Teil eines ganzen Buches ist. Koestler, Arthur: Das Gespenst in der Maschine; Wien u. a. 1968.

18 Das Holon Mensch ist seinerseits natürlich wieder Teil der Holons Biosphäre (Natur) und Physiosphäre (Kosmos), was wir an dieser Stelle aber nicht weiter verfolgen wollen.

19 Berendt, Ernst-Joachim: Nada Brahma – Die Welt ist Klang; Frankfurt, 1983.

20 Laszlo, Ervin: The Wispering Pond; Rockport; 1996.

21 Galtung, Johan: Peace by Peaceful Means; Peace and Conflict, Development and Civilization; London, Thousand Oaks, New Delhi, 1996.

22 Dies etwa im Sinne der Argumentation von Canetti, Elias: Masse und Macht; Frankfurt, 1980.

gangssprachlichem Ausdruck »in der Luft liegt«. Tatsächlich verblüfft ja immer wieder der Gleichklang unabhängiger musikalischer Schöpfungsakte zu bestimmten Zeiten oder in bestimmten Zusammenhängen. Helmut Brenner spricht bei diesem systemischen Vorlauf zum eigentlichen Schöpfungsakt von »Präintention«.[23] Was dann im Zuge des individuellen oder gemeinschaftlichen Schöpfungsaktes vorsätzlich erfolgt, nennt er »Primärintention«, und das nach dem erfolgten Schöpfungsakt nicht mehr steuerbare Weiterwirken eines Musikstückes in der Welt »Postintention«.

Akzeptiert man diese Einteilung, folgt daraus, dass jedes Holon, jeder kommunikative Zusammenhang zwischen Individuen und Gruppen eine bestimmte Schwingung hervorbringt, die wir als »Hymne« bezeichnen könnten – als Preisung des eigenen Seins in einem größeren Ganzen. Nicht jede dieser »in der Luft liegenden« Hymnen muss wahrgenommen, künstlerisch erhört und über eine Primärintention sozial zugänglich gemacht werden, aber zumindest über das grundsätzliche Potenzial dazu verfügt wohl jede. Daraus folgt, dass überall da, wo eine Hymne im Sinne dieser Definition wahrnehmbar wird, auch ein sozialer Zusammenhang bestehen muss, weil die Hymne ja nichts anderes als das Schwingen des kommunikativen Vorgangs zwischen den Polen ist.

Nun ist einsichtig, dass der Begriff Hymne, so wie ich ihn hier verwende, ein weitaus breiterer ist als die auf das Erste näher liegende Definition der Nationalhymne im vorangegangenen Kapitel. Deshalb spreche ich vorerst auch von einem sozialen Zusammenhang und formuliere nicht »Jede Hymne hat ihre Nation«. Denn dies würde unterstellen, dass da, wo eine Hymne hörbar wird, auch eine Nation sein müsse. Just diesen Umstand wage ich zu bezweifeln. Denn Hymnen, wie wir eingangs festhielten, und soziale Zusammenhänge bestanden lange vor der modernen Vorstellung von der Nation. Demnach wäre die Nation bestenfalls eine von vielen möglichen Formen sozialen Zusammenhangs, welche die Spezies Mensch in ihrer Geschichte hervorgebracht hat, und die Nationalhymne folge-

23 Brenner, Helmut: Musik als Waffe? Theorie und Praxis der politischen Musikverwendung, dargestellt am Beispiel der Steiermark 1938-1945; Graz, 1992. S. 56.

richtig eine von vielen Arten von Hymnen, welche diese Spezies kennt.

Argumentieren wir aber streng im obigen Sinne, so wirft dies die Frage nach der Präintention für die Nationalhymne auf. Vormoderne Hymnen entstanden in einem religiösen oder überschaubaren sozialen Kontext. Das energetische Feld, in dem etwa der klassische Dithyrambus, das kultische Preislied für Dionysos, entstanden ist, kann auch der aufgeklärte Mensch leicht nachvollziehen, weshalb moderne Autoren von Goethe über Nietzsche bis zu Werfel sich sehnsüchtig auf ihn bezogen. Hymnen über das eigene Sein an einem bestimmten Ort, in einem bestimmten Zusammenhang sind in diesem Sinn gemeinschaftliche Hervorbringungen.

Die Nationalhymne aber folgt nicht dieser Logik. Zwar mag sein, dass auch hier beim Schöpfungsakt selbst künstlerisch auf etwas gegriffen wird, das »in der Luft liegt«, doch die Primärintention leitet sich aus einer politischen Setzung ab. Da die Nation ein Konstrukt ist, erhoffen sich diejenigen, welche sie konstruieren, dass die Postintention der in Auftrag gegebenen Hymne leistet, was im Vorfeld gefehlt hat, nämlich die als Holon vorgestellte – oder erwünschte – Nation in eine gemeinschaftliche Schwingung zu versetzen.

Während die Hymne also herkömmlicher Weise als jene von innen kommende Schwingung interpretiert werden kann, welche die Energie des jeweiligen sozialen Zusammenhang ausdrückt, ist die Nationalhymne ein Impuls, welcher von außen, oder besser von oben, auf einen sozialen Zusammenhang mit der herrschaftlichen Absicht geschickt wird, ihn in eine gemeinsame Schwingung zu versetzen. Vor allem in Diktaturen mit ihrem martialischen Gehaben ist dieser Umstand offensichtlich. Aber man braucht nicht die Nürnberger Reichstage oder die Aufmärsche der Roten Armee zu bemühen, um sich dieses Umstandes bewusst zu werden. Dieselbe Dynamik lässt sich bei jedem Fußballländerspiel feststellen. Was aus der Masse des Publikums im Stadion kommt, klingt grundlegend anders als das, was über leistungsstarke Lautsprecher in diese Masse hinein getragen wird. Und ob es gelingt, diese Masse auf eine einheitliche Frequenz einzuschwingen, hängt von vielen zusätzlichen Faktoren ab.

Conclusio: Die Hymne und die Erfindung der Nation

Benedict Anderson geht in seinem viel zitierten Klassiker[24] davon aus, dass die Nation eine Erfindung sei. Wenn ich eingangs die These aufgestellt habe, dass die Nation nicht eine Hymne *habe*, sondern *sei*, so folgt aus den hier abgehandelten Überlegungen, dass Anderson Recht hat. Die Nation scheint der einzige bekannte soziale Zusammenhang zu sein, der nicht selbständig klingt, sondern eines äußeren, herrschaftlichen Impulses bedarf, um in Schwingung, Dynamik oder Aktion zu geraten. Dies legt den Verdacht nahe, dass sie gar nicht existiert, sondern eben, wie Anderson sagt, eine Erfindung ist, eine Vorstellung – vor die Menschen gestellt, um die wirklichen, vernakulär schwingenden Zusammenhänge zu verbergen.

Die Nation ist im Sinne Nietzsches die Apotheose der apollinischen Institution – ein lebloser Golem,[25] dessen Daseinszweck darin liegt, die dionysische Energie der sozialen Zusammenhänge zu unterdrücken. Die Nationalhymne ist in diesem Sinn ein perfides Mittel zur Verschleierung dieses Umstandes. Die künstlerische Form, der kollektivistische Pathos rekurriert auf ein Gefühl, das alle Menschen haben, verkehrt aber den kommunikativen Zweck der Hymne als Gattung in ihr Gegenteil. Nicht der dionysische Überschwang, das freie Fließen göttlicher, natürlicher, menschlicher und zwischenmenschlicher Energie wird hier gepriesen, sondern die apollinische Disziplinierung der Massen im Namen einer vorgestellten Zusammengehörigkeit, welche einzig dem Zweck der Herrschaft dient.

Die Hymne ist also gemeinhin das Schwingen der Energie eines sozialen Zusammenhangs. Niemand kann sie *haben*, weil sie sich per definitionem nicht besitzen, einsperren, festschreiben lässt. Transformiert sich ein sozialer Zusammenhang, so verändert sich mit ihm die Hymne. Da soziale Zusammenhänge aber immer dynamisch sind, lassen sich deren Hymnen nicht normieren. Ein soziales Konstrukt hingegen gibt sich statisch, weil es stets eines starken Referenzpunktes

24 Anderson, Benedict: Die Erfindung der Nation. Zur Karriere eines folgenreichen Konzepts; Frankfurt, 1988.

25 Der Golem ist in der jüdischen Legende ein Geschöpf in menschenähnlicher Gestalt, gebildet aus Lehm und Ton, welches besondere Kräfte besitzt und Befehlen folgen, aber nicht selbst sprechen kann.

– Gott oder Nation – bedarf, um sein Dasein behaupten zu können. Es verlangt nach Normen und Rastern. Deshalb ist auch die Nationalhymne als apollinische Setzung ohne präintentionalem Vorlauf der vollendete Ausdruck der Konstruiertheit der Nation. Ja, bis zu einem gewissen Grad kann auch hier behauptet werden, dass sie die Nation *ist*, denn wie, wenn nicht durch ihre künstlichen Symbole und ihr postintentionales Schwingen könnte die Nation ihr Sein behaupten und beweisen?

Gerlinde Haid

Der Umgang mit Hymnen in der Volkskultur

Volks-Gesang

Wer im Internet nach Hymnen sucht, wird sehr schnell fündig: Hymnen sind »in«. Das betrifft vor allem – wen wundert's in Zeiten der Fußballweltmeisterschaft? – Fußballhymnen. Diese werden auch wirklich gebraucht, und zwar vor allem von den Fans. Die spontan auf den Fußballplätzen im Rhythmus mit dem Spielverlauf aufbrausenden, sich zum hochemotionellen Gemeinschaftsausdruck steigernden, nach wenigen Minuten wieder verebbenden und einander überlappenden Fangesänge haben schon vor Jahren die Volksmusikforschung auf den Plan gerufen, die sich die Gelegenheit nicht entgehen ließ, hier ein »Feld« zu beackern, in dem eine Art »Musik von unten« spontan, »aus dem Bauch heraus« funktioniert (vgl. Kopiez-Brink 1998). Hält man sich an die Terminologie, die als Hymnen »einfach gebaute Musikstücke« beschreibt, die den Zweck haben, »einen zur Identitätsstiftung einer Gruppe geeigneten Text bei bestimmten Anlässen aufführbar zu machen« (Szabo-Knotik 2006), sind zwar nicht alle Fangesänge gleich auch schon Hymnen, einige aber durchaus. Das trifft vor allem auf jene Lieder zu, die sich die jeweiligen Sportvereine offiziell als Vereinshymnen zugelegt haben und die dann bei Versammlungen, aber auch im Stadion erklingen, und zwar bei den feierlichsten Momenten. So wird nach der Schilderung von René Schiering etwa bei Schalke 04 zum Eröffnungsritual kollektiv die Vereinshymne »Blau und Weiß« gesungen, und zwar stehend, mit dem Fanschal vor der Stirn. Darauf folgt das Bergmannslied »Glück auf«, ebenfalls stehend, wobei der Fanschal über dem Kopf gekreiselt wird (vgl. Schiering 2006). Das Singen von Hymnen schafft also – und das zeichnet sie aus – selbst in dieser gar nicht zimperlichen Welt des Massensportes einen feierlichen Moment, begleitet von symbolträchtigen Riten. Da stehen Männer zusammen in Reih und Glied mit dem Blick nach vorne, und indem sie singen, verschwistern sie sich nicht nur, sondern verorten sich auch, wie man eindrucksvoll am Absingen des Bergmannsliedes sieht, in dem die Tradition des Ruhrgebietes, der Heimat von Schalke 04, lebendig wird. Nationalhymnen sind den Fußballhymnen in diesem Punkt durchaus ähnlich: feierlich, besinnlich, gemeinschaftlich zielen sie auf Identitätsstiftung, weshalb ja auch das Absingen der Nationalhymne der jeweiligen Siegermannschaft bei sportlichen Großereignissen durchaus ihre Logik hat. Darüber hinaus begegnet man politisch motivierten Hymnen gegenwärtig auch abseits der Weltmeisterschaft in höchst aktuellen Zusammenhängen: Der Kampf der Katalanen um Unabhängigkeit, der am 18. Juni 2006 mit einem überwältigenden Votum für das Autonomiestatut einen vorläufigen Höhepunkt gefunden hat, wurde mit einer Reihe von Symbolen geführt, zu denen auch eine eigene Nationalhymne gehört.

Das »Absingen« von Hymnen – schon allein dieser Ausdruck zeigt, dass es hier nicht um gewöhnliche Gesänge geht – ist Teil der Kultur einer Gemeinschaft, eines Vereines, eines Landes. In solchem Umfeld entstehen Hymnen aus der Paarung zwischen dem Fußvolk und einem höheren Ideal, und insofern gehören sie zur Volkskultur, wenn auch nur zum Teil, aber gerade das macht sie spannend. Wie werden sie gesungen? Von wem und bei welcher Gelegenheit? Wie geht wer mit welchen Texten und Melodien um? Wer steht hinter den Hymnen oder hinter wem stehen diese? Wem gehören sie? Wer darf was?

Die bezeichnenden Rituale, die sich rund um das Absingen von Hymnen entwickelt haben, wurzeln tief im 19. Jahrhundert. In Österreich gruppierten sich die Bürger seit der Einführung des Versammlungsrechtes durch die »Dezemberverfassung« 1867 (Art. 12: Die österreichischen Staatsbürger haben das Recht, sich zu versammeln und Vereine zu gründen) nach ihren Interessen, und es entstanden hunderte von Vereinen – nach politischen Vorlieben, berufsbezogen, national, oder in einer Mischung aus allem. Die Zugehörigkeit des Einzelnen äußerte sich damals noch häufig in den gemeinsam gesungenen Liedern, und es war selbstverständlich, dass unter diesen nicht allein Geselliges, sondern auch Hymnisches war. Man erhob sich zum gemeinsamen Gesang, der in entsprechend feierlichen Augenblicken angestimmt wurde: am Beginn oder am Ende einer Versammlung, bei der Aufnahme neuer Mitglieder, immer dann auch, wenn man patriotische Gesinnung ausdrücken wollte. Das Vereinswesen, ursprünglich ein Phänomen der Stadt, das sich aber mit der Zeit auch aufs Land ausbreitete, war etwa bis zum 2. Weltkrieg von einer Singkultur getragen, deren Ausmaß man sich heute kaum noch vorstellen kann, von der aber hunderte von Berufs- und Vereinsliederbüchern beredtes Zeugnis ablegen. Mit Hilfe berufstypischer Liederbücher suchten sich die in Vereinen organisierten Berufszweige in die damals moderne Arbeitswelt zu integrieren, als ob sie noch die gestrige, zünftische wäre, und sangen von Standesstolz und Berufsehre (vgl. Schwab 1973, 865). Sowohl die christlichen Arbeiter- und Handwerkervereine, wie auch die Schach- und Fußballclubs sahen den Sinn ihrer Existenz letztlich in der gemeinsamen Verbreitung und Festigung patriotischer Gesinnung, weshalb die Hymnen in diesen Liederbüchern großen Raum einnehmen. Die Mehrzahl der Vereinsliederbücher erschien in Ausgaben ohne Noten; man sang das meiste nach bekannten Melodien aus Textbüchern, die sich beispielsweise nannten: »Hundert Kneiplieder für Techniker«, »Imker-Liederbuch«, »Vegetarisches Liederbuch«, »Liederbuch für Radfahrer«, »Liederkranz für Rauchvereine«, »Liedersammlung von und für Stenographen Roller'schen Systems«, »Liederbuch für deutsche Turner« u. a. m. (vgl. Schwab 1973). Bis heute ertönt dabei die blumige Sprache des 19. Jahrhunderts, die den eigenen Verein im schönsten Lichte malt und seine Wichtigkeit in Tod und Leben ausdrückt. So beispielsweise bei der Hymne des Stanser Sportvereines (Tirol) von 1956, die sogar mit einer »Todesstrophe« ausklingt:

1) Wir sind die stolze Mannschaft, die mutigen Kämpfer in Blau
Bei Sturm, bei Sonne oder Regen, von unserem Stanser SV.
…
4) Wenn einmal unser Ende kommt, das Lebensspiel ist aus,
dann tragen blau-weiße Sportler zum Friedhof mich hinaus.
Und deckt Tiroler Erde ein Herz, das einmal heiß
Dann legt auf meinem Grabe den letzten Gruß blau-weiß.
(http://www.svstans.com/html/body_vereinshymne.html;
Hymne vom Stanser SV von 1956).

Patriotischere Töne klingen in der Hymne der Sportunion USC Fenster Mayer Altenwörth (Niederösterreich) auf, wenn es heißt: »Brüder lasst die Bundesfahnen durch die Lüfte wehn« wobei der Schluss von einem Soldatenlied aus der Radetzky-Zeit übernommen ist: »wir wollen siegen, wir wollen siegen mit hurra« (vgl. Haid: Soldatenlieder 2002; http://www.sportunion.at/start.php?contentID=13103&view=printable Version, Zugriff vom 9. 6. 2006). Die Vereinshymne des FC Mistelbach (Niederösterreich), entstanden 2002, ist dem gegenüber weitaus plakativer, werbespotmäßig:

> *Mistelbach,*
> *Gegner seid hellwach,*
> *mein Lieblingsfußballklub*
> *heißt Mistelbach.*
> (httm://members.aon.at/fnz-nord/hymne.htm, Zugriff vom 9. 6. 2006, neue Vereinshymne des FC Mistelbach von 2002).

Wie aktuell die Szene ist, zeigt die Tatsache, dass es die Melodie des »Anton aus Tirol«, popularisiert im Juli 1999, in Windeseile bis zum Schwerathletikverein Leipzig SAV e.V. gebracht hat:

> *Wir singen gelb, wir singen blau,*
> *wir singen gelb-blau SAV,*
> *unsere Ringer sind die besten,*
> *ob im Osten oder Westen,*
> *Super gelb-blau SAV.*
> (http://home.arcor.de/sav-Leipzig/vereinshymne.htm, Zugriff vom 9. 6. 2006).

In allen Fällen sind hier Hobbydichter am Werk, und Manches wird sich spontan beim Fangesang entwickeln, sozusagen volksliedhaft.

Was die Nationalhymnen betrifft, so entstand – inspiriert vom englischen »God save the King« die österreichische »Kaiserhymne«, als erste Nationalhymne des Festlandes, vertont von Joseph Haydn (vgl. NB 1). Sie wurde bei ihrer Uraufführung am 12. Februar 1797, dem Geburtstag des Kaisers Franz, in vielen Theatern der Monarchie abgesungen (Grasberger 1968, 32–33). Das Prinzip all dieser Lieder ist das gleiche: Gemeinsames Singen stiftet Identität und Solidarität; das kollektive Absingen von Hymnen geschieht nicht wegen des Bedarfs an Kommunikation oder Geselligkeit, nicht zur Verbreitung von Neuigkeiten, sondern ist schlichtweg eine Bestätigung dessen, was ist. So gesehen sagen die Hymnen alle immer wieder das Gleiche: Alles ist, wie es ist, und das ist gut so, und wir sind dabei. Deswegen sind die allermeisten Hymnen auch hochsprachlich, denn es geht nicht ums Private und Intime, sondern um die so genannten höheren Ideale. Das Phänomen ist in zivilisierten Gesellschaften auch heute weltweit verbreitet. So ist etwa Japan bekannt für seine Firmenhymnen, die auf Betriebsfesten gesungen werden und die Loyalität der Arbeitnehmer ebenso ausdrücken wie die allmorgendlich rezitierte Unternehmens-Charta und das am Revers getragene Firmenwappen. England ist bekannt für seine Klubhymnen, wobei in aller Regel Fußballklubs gemeint sind, und eine Nationalhymne hat fast jedes Land dieser Erde. Hymnisches Liedgut lebt zweifellos noch in Studentenverbindungen in Form von »Farbenliedern«, »Verbandshymnen« und »Burschenstrophen«, und auf akademischem Boden fungiert das aus mittelalterlicher Vagantenpoesie stammende »Gaudeamus igitur« noch vielerorts als Schlusshymne bei Sponsionen und Promotionen. An der Universität für Musik und darstellende Kunst Wien wird es im Fall solcher Festlichkeiten von einer Live-Musik gespielt, neuerdings sogar in einer Tonart, die der hohen Versammlung das Mitsingen gestattet, was diese erfahrungsgemäß auch zum Teil tut.

Heil Dir, geliebtes Schwein

In Mitteleuropa scheinen über die Sportler- und Studentenhymnen hinaus Vereinshymnen inzwischen selten geworden zu sein. Eine findet man auf der Homepage der 1987 gegründeten europäischen Nachtwächter- und Türmerzunft, eine weitere auf jener des wohl nicht so ganz ernst gemeinten Schweizer »Vereins zur Förderung des Ansehens der Blut- und Leberwürste«, die mit den Worten beginnt: »Heil dir, geliebtes Schwein …« und ganz offensichtlich auf die Melodie von »God save the King« getextet ist:

Heil Dir, geliebtes Schwein
Heil Dir, Blutwurstverein
Sanguophilie;
Ehre der Leberwurst
und dem saumäss'gen Durst.
Ehre der VBL-Kunst
und des Keilers Brunst.
(http://www.vbl.org/hymne.php, Zugriff vom 9. 6. 2006)

Damit sind wir bei dem wichtigen Faktum der Parodie, die in aller Regel dann auftaucht, wenn sich die gesellschaftspolitischen Grundlagen, in denen eine Hymne wurzelt, so sehr verändert haben, dass die in der Hymne besungenen Ideale einer neuen Generation zu dick aufgetragen erscheinen. Hymnenparodien sind ein humorvoll bis zynischer Hinweis an die Gesellschaft, dass es an der Zeit sei, das gemeinsame Wertesystem neu auszuhandeln. Am wirksamsten sind jene Parodien, die in Versmaß und Melodie ganz am Original orientiert sind, aber anstelle von hohen Werten mit etwas Banalem aufwarten. Die Autoren der »Schweine-Hymne« können sich ob der Bekanntheit des Originals sicher sein, in der Schweiz die Lacher auf ihrer Seite zu haben. In England würde das wohl nicht unbedingt funktionieren, denn Nationalhymnen gelten jenen, die sich mit einer Nation identifizieren, also in diesem Fall den Engländern, als unantastbar, und Verunglimpfungen durch Personen anderer Nationalitäten werden nicht geduldet. Aber in der Schweiz, der ältesten Demokratie des Festlandes, fern von den britischen Inseln, wird ein Kratzen an solchen Emblemen wahrscheinlich mehrheitlich als witzig empfunden.

Der Text der derzeitigen österreichischen Bundeshymne (vgl. Notenbeispiel 6) ist schon zur Zeit seiner Entstehung parodiert worden, angeblich von den Söhnen ihrer Schöpferin, den Brüdern Molden. »Land der Erbsen, Land der Bohnen, Land der vier Besatzungszonen« lautete die Parodie. Eine weitere passierte dem Lied in den Siebzigerjahren:

Land der Nehmer, Land der Geber,
Land der Kriecher, Land der Streber,
Land der Schieber, schmiergeldreich,
Heimat, Land der Pharisäer,
der justizbekannten Steher,
vielgeplagtes Österreich.
(3 Strophen, Autor unbekannt, Archiv IVE).

Und sicher gibt es noch viel mehr Parodien auf die österreichische Bundeshymne. Auch manche Landeshymnen eignen sich hervorragend für Parodien. Die Landeshymnen (vgl. Notenbeispiele 2–5) sind in Österreich eine Folge des seit der 1. Republik gepflegten Föderalismusgedankens. Bereits 1911 wurde die Kärntner Landeshymne akkreditiert, die Salzburger und die steirische in den späten Zwanzigerjahren, die burgenländische 1936, und alle anderen erst nach dem 2. Weltkrieg, als letzte die niederösterreichische 1965. Wie populär die Hymnen von Kärnten, der Steiermark, Tirol und Oberösterreich sind, ist daran erkennbar, dass man sie inzwischen als Klingeltöne fürs Handy herunterladen kann (vgl. Szabo-Knotik 2006), und sie werden eben auch parodiert. Als Kommentar zu dem Artikel »Haider bezeichnet Slowenien als Bananenrepublik« ist in der österreichischen Tageszeitung »Der Standard« vom 20. 4. 2006 beispielsweise eine Parodie auf die Kärntner Landeshymne von Gert Weihsmann veröffentlicht worden:

1) Dort wo Tirol an Salzburg grenzt,
kasnudlreich der Südgau glänzt.
Wo aus dem Geist, der es umschließt,
sich purer Fremdenhass ergießt.
Laut johlend schreits zur Felsenwand:
Hoch lebe unser Selchwuaschtland!

2) Wo durch des Führers dumme Red,
so manche böse Saat aufgeht.
Wo man die deutsche Sprache spricht,
dafür Slowenisch lieber nicht.
Ortstafeln werden schnell verbannt
in diesem dumpfen Selchwuaschtland!

3) Wo Mannesmut dem Bierdunst treu,
dem Führer folget stets aufs Neu.
Wo man im Geist von gestern bleibt
und laut nach alten Riten schreit.
Laut jubelnd schreits zur Bergeswand:
Heil unserm herrlich Selchwuaschtland!

Volks-Politik

Der Vergleich mit dem Original (Notenbeispiel 5) zeigt deutlich, an welchen »Idealen« hier gerüttelt wird. So etwas wird in Windeseile in Kreisen intellektueller Spötter herumgereicht und ebenso schnell wieder weggelegt. Die wirklichen Hymnen hingegen, die akkreditierten, die bleiben. Das ist ein sehr interessantes Phänomen. In Österreich gibt es von Zeit zu Zeit Bestrebungen, die Texte offizieller Hymnen zu verändern. Solche Initiativen kommen in aller Regel von »oben«, und werden dann von »oben« und »unten«, von »links« und von »rechts« kommentiert. Es kommt zu Diskussionen, die über die Medien ausgetragen werden und zu keinerlei Veränderung führen, ausgenommen zum politischen Rückzug des Initiators/ der Initiatorin. Solche Diskussionen wurden bisher außer um die Bundeshymne auch um zwei Landeshymnen geführt, die besonders populär sind, und zwar um jene von Tirol und jene der Steiermark.

Eine ernsthafte Auseinandersetzung um die Tiroler Landeshymne (vgl. Notenbeispiel 2) gab es 1993, als der damalige Landeshauptmannstellvertreter Hans Tanzer (SPÖ), meinte, dass die Passagen, wo es ums »deutsche Reich« geht, nicht mehr zeitgemäß seien. Er stellte in Frage, ob ein Land, das mit seiner eigenen Identität in die Europäische Union ziehen wolle, sich Textpassagen wie »mit ihm das ganze deutsche Reich« oder »ganz Deutschland ach in Schmach und Schmerz« in seiner Landeshymne leisten könne. »Angesichts der europäischen Entwicklung und dem Bemühen um eine Tiroler Identität wären wir gut beraten, die Landeshymne zu ändern«, schreibt er in einer Parteiaussendung. Er schlug vor, entweder einen neuen Text zu verfassen oder überhaupt einen Wettbewerb für eine neue Tiroler Landeshymne auszuschreiben. Der Aufruhr, den er damit anzettelte, war groß; die Hymne blieb, wie sie war, der Landeshauptmannstellvertreter kandidierte bei der nächsten Wahl nicht mehr (vgl. Haid 2002).

Eine Diskussion um die steirische Landeshymne (vgl. Notenbeispiel 4) wurde 2004 von Frau Landeshauptmann Klasnic (ÖVP) angezettelt. Grund war die Erkenntnis, dass die in der ersten Strophe gegebene Landesbeschreibung: »bis zum Wendenland am Bett der Sav'« bzw. »bis ins Rebenland im Tal der Drau« politisch nicht mehr korrekt sei, da das somit bezeichnete Gebiet der ehemaligen Untersteiermark seit 1919 nicht mehr zu Österreich gehöre. Der Steirische Sängerbund hat sich damals der Causa angenommen und einen Wettbewerb zur Änderung des Hymnentextes ausgeschrieben. Es kamen eine Reihe von Texten, »bessere« und – mehrheitlich – »schlechtere«, was allein das Handwerkliche der poetischen Form und die Anpassung an die vorgegebene Melodie betrifft. Der steirische Autor Reinhard P. Gruber steuerte eine – handwerklich angemessene – witzige Parodie bei, die mit ihrer Ironisierung des unzeitgemäßen Heimatlobes viele amüsiert haben mag, aber das Problem freilich nicht lösen konnte. Als Beispiel die 4. Strophe und der Refrain:

4) Wo die Riegersburg den Kuruzzen trotzt
und im Thermenland das Wasser dampft;
wo kein Ritter mehr in der Rüstung protzt,
weil er seine Bretteljause mampft.

Refrain:
Dieses schöne Land ist das Steirerland
und man trägt in ihm das Steirergwand,
dieses schöne Land ist das Steirerland,
uns ist kein besseres bis heut bekannt.
(www.connex.at/stsb/de/hymne.php; Zugriff vom 10. 6. 2006)

Aus einer Reihe von ernst genommenen Einsendungen wurde ein Vorschlag gemacht, der via Internet zur Diskussion gestellt wurde. Dabei stellte sich heraus, dass von der Bevölkerung nur die Änderung der 1. Strophe eindeutig gewünscht wurde. Statt der Passage »bis zum Wendenland im Bett der Sav'« gaben die Leser dem Satz »bis zum Hügelland an Wäldern reich« den Vorzug, der sich dann reimen sollte auf: »bis ins Rebenland, was kommt dem gleich?« Die Steirerinnen und Steirer, jedenfalls die, die sich an der Umfrage beteiligten, traten damit für eine politisch korrekte Adaptierung ein, ausgenommen die FPÖ, die Unterschriften gegen jede Änderung sammelte. Ihr Argument gegen eine Änderung war, dass die in der Untersteiermark lebenden Slowenen ihr Land nach wie vor als »Štajerska« (= Steiermark) bezeichnen, also durchaus dazugehören und nicht aus der Hymne herausgestrichen werden sollten (vgl. Härtel 2004). Ob diese »dazugehörenden« Slowenen die Hymne aller Steirer vielleicht lieber in ihrer slowenischen Muttersprache singen hätten wollen, wurde in der Diskussion nicht erwogen.

Dabei ist der Gedanke einer Hymne, die in mehreren Sprachen gesungen wird, an sich nicht neu. Das »Kaiserlied« wurde selbstverständlich in alle Sprachen der Monarchie übersetzt und in diesen auch tatsächlich gesungen. Darüber hinaus hat im Jahr 1917 ein gewisser Herr Friedrich Kratky die Idee gehabt, die Kaiserhymne gleichzeitig, also simultan, in allen Sprachen singen zu lassen. Ein Teil dieses Experiments, »Völkerchor« genannt, ist damals sogar im Phonogrammarchiv der Kaiserlichen Akademie der Wissenschaften mit dem Archiv-Phonographen aufgenommen worden (vgl. Soldatenlieder 2000). Am 1. Februar 1917 verlas der Autor als Einjährig-Freiwilliger vor Seiner Exzellenz, dem Herrn Kriegsminister, eine Denkschrift über den Völkerchor mit folgendem Inhalt: »Die Völkerhymne aber ist, was immer das Schicksal diesem Werke und dessen Schöpfer bescheidet, das wahrhaftigste Sinnbild des im Völkerchor verkörperten Österreich. Was jedoch dieser Schöpfung den Stempel der Unvergänglichkeit verleiht, ist die menschlich erhabene Idee des Völkerchores, nicht bloß wegen seines künstlerisch bezaubernden Gewandes und ethischen Gehaltes, sondern vor allem wegen der im Völkerchor enthaltenen neuen Soziallehre der pannationalen Anthropokratie. Dadurch wird der Völkerchor zum Hochgesang der gesitteten Menschheit auf dem Wege zu ihren Idealen!« Schon 1915 hieß es im Geleitwort zu diesem Völkerchor: »Erwartet hat doch jedermann infolge eines tausendjährigen Vorurteiles bei einem Völkerchore, wenn er z. B. in zwölf Sprachen gemeinsam und gleichzeitig zum Vortrag gebracht wird, ein furchtbares Chaos, und statt dessen ist jeder überrascht und entzückt, einen Chor polyvokaler Symphonie zu vernehmen, in dem jedes Wort der zwölf Sprachen klar und deutlich vernehmbar ist und aus dem jeder seine im Völkerchor enthaltene Muttersprache heraushören kann. Welchen künstlerischen, welchen symbolischen, welchen ethischen Wert ich dieser Idee beimesse, ist der beste Beweis mein mehr als sechsjähriger, unermüdlicher Kampf im Dienste des Völkerchores, eines Ideales der Menschheit. Der Völkerchor erschließt der Gesangskunst das Gebiet polyvokaler Symphonie, vermag durch das bezaubernde Mittel der Muttersprache in weit höherem Sinne als die Musik die sprachlich getrennten Völker in ihren gemeinsamen Gefühlen zu vereinen und so die Völkereinigkeit und Einheit zu fördern. Und so wie der Völkerchor die sprachlichen Mauern, die die Völker des Weltalls trennen, siegreich überwindet, so wird er der erste sein, der die in diesem Völkerringen aufgeschichteten Wälle des Hasses im Triumph übersteigt, gleich froh von allen Völkern empfangen, die zwar Kanonen trotzen können, nicht aber einer Kulturidee höchster Menschlichkeit.« (vgl. Soldatenlieder 2000, track 1–2 mit Begleitmaterialien). Die öffentliche Original-Uraufführung als »Neun-Völker-Quartett mit pannationaler Stimmführung der polyvokalen Symphonie« erfolgte in Wien im Jahre 1918. Jedermann weiß heute, dass sie den Zerfall der Monarchie nicht mehr aufhalten konnte, so ideal der »Völkerchor« auch gedacht war.

Wie eingleisig gegenüber solchen Ideen sich nationale Hymnen in sprachlicher Hinsicht bis heute geben, zeigt nicht allein die Debatte in den USA um eine spanische Version der US-Nationalhymne, sondern auch das Unverständnis, das dem deutschen Grün-Politiker Hans-Christian Ströbele entgegenschlug, als dieser sich für eine offizielle türkische Version der deutschen Nationalhymne aussprach. Zuwanderer sollten diese Hymnen-Version als Symbol für die Vielsprachigkeit Deutschlands singen können. Während die Sprecherin der FDP für Integration und Migration dem Gedanken durchaus etwas abgewinnen konnte und meinte, dass das eine interessante Möglichkeit für Menschen anderer Herkunft und Sprache wäre, die deutsche Kultur zu verstehen, sahen Politiker der Union die deutsche Nationalhymne auf türkisch als das Gegenteil von Integration. Ströbele hatte im November 2004 schon einmal einen muslimischen Feiertag in Deutschland ins Gespräch gebracht und vorgeschlagen, einen christlichen dafür zu streichen (www.n-tv.de/662940.html, Zugriff vom 9.6.2006).

So bestechend der Gedanke auch sein mag, durch ein Ausbrechen aus den eingefahrenen Gleisen nationaler Symbole auf die völlig neu zusammengesetzte Struktur der Bevölkerung mit ihren MigrantInnen zu reagieren – genau das scheint unmöglich zu sein. An Hymnen wird offensichtlich nicht der Anspruch gestellt, dass sie politisch korrekt sein müssen. Sie sind, so wird jedenfalls argumentiert, ein Teil der Geschichte und als solcher in einem geschützten Raum. Als im September 2005 Frauenministerin Maria Rauch-Kallat (ÖVP) einen Vorstoß unternahm, um die österreichische Bundeshymne frauenfreundlicher zu gestalten, weil Frauenpolitik auch Sprachpolitik sei (vgl. in diesem Band die Glosse von El Awadalla) war dies nicht möglich. Im Bewusstsein vieler Menschen sind Hymnen einfach, wie sie sind, und gehören zu den undiskutierbaren Voraussetzungen, die man sich ebenso wenig aussuchen kann wie seinen Geburtsort oder seine Eltern. Sie sind so etwas wie die Verbindung zum politischen Über-Ich und dem rationalen Denken nur bedingt zugänglich. Frau Ministerin Rauch-Kallat ist derzeit noch im Amt; Landeshauptmann Tanzer und Frau Landeshauptmann Klasnic nicht mehr. Wenn auch der politische Rückzug der beiden Letztgenannten nicht als unmittelbare Folge der von ihnen angezettelten Hymnen-Diskussionen zu interpretieren ist, so bleibt dieses Zusammenfallen doch merkwürdig. Vielleicht ist es umgekehrt einfach so, dass sich SpitzenpolitikerInnen, die fühlen, dass ihr politisches Ende gekommen ist, noch schnell mit den Hymnen beschäftigen – ein Schwanengesangssyndrom, sozusagen.

Volks-Überlieferung

Alle Hymnen der österreichischen Bundesländer sind, wie auch andere Landessymbole, in entsprechenden Landesverordnungen verankert. Das bedeutet eine große Veränderung für jene Lieder, die vor ihrer Akkreditierung schon populär waren, also im Strom mündlicher Überlieferung gelebt haben, was auf die Landeshymnen von Tirol, Kärnten, der Steiermark und Oberösterreich zutrifft. Sie wurden durch ihre Landeshymnenwerdung dem Volk auf der einen Seite »geschenkt«, als wichtiges Gut, hochstilisiert zum Symbol der Heimat, gleichzeitig aber »entzogen«, nämlich dem improvisatorischen, verändernden Zugriff. Denn an Landessymbolen darf nichts herumgebastelt werden; das »Herrenverhältnis des Volkes zu seinem Stoff« hört sich hier auf. Das klingt nicht schlimm, hat aber im Fall der Tiroler Landeshymne bereits zu ernsthaften Reibereien geführt. Das »Andreas-Hofer-Lied«, seit 1948 die Tiroler Landeshymne, ist das historische Lied auf das tragische Ende des Anführers der Tiroler Freiheitskämpfe, der 1810 hingerichtet wurde (vgl. NB 2). Wie man an den Entstehungsdaten (Text von dem sächsischen Dramaturgen Julius Mosen, 1831; Melodie von dem aus Niederösterreich stammenden Nationalsänger Leopold Knebelsberger, um 1844) ablesen kann, ist das Lied lange nach den Ereignissen und fern von Tirol entstanden. Die Melodie zeigt eine Gestik, die von Kantaten der Französischen Revolution bis zum Liedgut totalitärer Systeme immer wieder angewendet worden ist, um die Dualität von Aggression und Sentiment auszudrücken: Effekt des Moll als Symbol der düsteren Vergangenheit, das durch den Aufmarsch der Massen in das strahlende Dur umschlägt; Einsatz der Subdominante als Element der Selbstbemitleidung als Opfer eines notwendigen Kampfes. Es ist daher kein Wunder, dass diese Melodie in die mündliche Überlieferung eingegangen und oftmals für historische Lieder und politische Botschaften – oft sogar ganz gegensätzlicher Natur – verwendet worden ist. So z. B. für zwei Lieder auf den Tod des Freiheitskämpfers Robert Blum 1848, für Soldatenlieder aus dem deutsch-dänischen Krieg und aus dem deutsch-französischen Krieg 1870, dann auch von Kampfliedern der Arbeiterjugend (»Dem Morgenrot entgegen«) und auf der anderen Seite von einem historischen Lied über die Hinrichtung des Nationalsozialisten Albert Leo Schlageter 1923 und von steirischen Partisanen im 2. Weltkrieg (vgl. Haid 2004). Das Lied der Arbeiterjugend verbreitete sich ab 1918 auch über Deutschlands Grenzen hinaus und wurde in polnischen, russischen und bulgarischen Versionen bekannt.

Im Tiroler Landes-Gesetz- und Verordnungsblatt vom 31. August 1948 (Gesetz über die Tiroler Landeshymne), heißt es jedoch im § 2: »Text und Melodie des Andreas-Hofer-Liedes bilden ein untrennbares Ganzes. Es ist daher verboten, seinen Text nach einer anderen Melodie und zu seiner Melodie einen anderen Text zu singen«. Ein solches Verbot kann sich freilich nur auf das Land Tirol erstrecken. Dass es aber auch dort zu Konflikten kommen kann, hat sich am 12. Februar 2004 herausgestellt, als die Tiroler SPÖ mit dem Bund sozialdemokratischer FreiheitskämpferInnen, Opfer des Faschismus und aktiver Antifaschisten in Gedenken an die Ereignisse des Jahres 1934 vor dem Innsbrucker SPÖ-Haus eine Gedenktafel enthüllte. Zu diesem Anlass wurde das Lied der Arbeiterjugend »Dem Morgenrot entgegen« gesungen, begleitet von einem Bläserquartett der Eisenbahnermusikkapelle. Dieses kannte die zu blasende Melodie bereits, denn es ist ja jene des Andreas-Hofer-Liedes, was – abgesehen von der historischen Verbindung des Arbeiterliedes zum Vierunddreißigerjahr – angeblich auch der ganz pragmatische Grund für die Liedauswahl durch die Veranstalter gewesen ist. Die Tiroler Schützen jedoch, ein konservativer Traditionsverband, dem bei dieser Gelegenheit »sein« Lied mit dem »falschen« Text zu Ohren gekommen ist, beschwerten sich daraufhin über die Verunglimpfung der Landeshymne. Faktum ist jedoch, dass »Dem Morgenrot entgegen« schon lange die Hymne der Arbeiterjugend war, noch bevor das Andreas-Hofer-Lied als Tiroler Landeshymne akkreditiert worden ist. Es kam zu einer emotionellen Debatte im Landtag sowie zu einer Demonstration, bei der Angehörige der Tiroler Arbeiterjugend »ihr« Lied in Innsbruck am Landhausplatz öffentlich vortrugen, um damit einen Musterprozess zu provozieren; die

Polizei aber wegschaute. Bei einer darauf folgenden Diskussionsveranstaltung im Innsbrucker Kulturgasthaus »Bierstindl« im September 2004 (»Wem gehört das Lied? Hymnen im Gespräch.«) wurde auf die Geschichte dieses Liedes aufmerksam gemacht und von einem kleinen Chor auch die bulgarische Version: »Nie sme mladata Gwardija« zum Besten gegeben. Erreicht werden sollte ein Entschluss des Tiroler Landtages, auf den Schutz dieses Liedes in dieser Ausschließlichkeit zu verzichten. Die Argumentation von SPÖ-Seite war, dass das Recht auf freie Meinungsäußerung eines der wertvollsten Rechte in einer Demokratie sei. »Ein Lied zu verbieten, widerspricht diesem höchsten Gut.« (www.spoe-tirol.at/files/user/02Unterseiten/DruckAusgabe.php?aid =1312. Zugriff vom 10. 6. 2006).

Auch von anderer Seite wurde damals »Freiheit« für die Tiroler Landeshymne moniert: Bei einem Auftritt im Rahmen einer Veranstaltung des Transitforums Tirol am 29. 10. 2004 sang die Gruppe »Bluatschink« eine 32-strophige Parodie auf die Tiroler Landeshymne, und zwar in vollem Bewusstsein, dass sie sich dadurch »theoretisch« strafbar machte. »Zu Mantua in Banden, da singt a jeder mit, doch wer schützt heind des Landl vurm nuia Feind Transit!« hat die Gruppe schon 1993 getextet. Sie argumentierte 2004: »Dieses Lied gehört keiner politischen Partei, sondern den Tirolern! Wir wollen auch weiterhin diese Melodie verwenden dürfen, um damit Themen zu transportieren, die mit dem Land Tirol zu tun haben. Wir pochen hier auf unsere künstlerische Freiheit! Wir wollen die Heimatgefühle unserer Tiroler Landsleute nicht verletzen, sondern wir nützen die Bekanntheit dieses Liedes, um durch eine Umtextung die nötige Aufmerksamkeit auf die aktuellen Probleme des Landes zu lenken!« (www.bluatschink.at/zu_mantua_in_banden.htm).

Das Ergebnis all dieser Bemühungen war gleich Null, oder eigentlich weniger als Null: In einer Gesetzesnovelle vom 17. November 2004 wurde der Schutz für die Tiroler Landeshymne neu gefasst. Dabei ist die Unter-Schutz-Stellung aufrecht geblieben, korrigiert wurde lediglich das Strafausmaß, und zwar nach oben. War es bisher bei Strafe von 1000 S oder bei Haftstrafe verboten, die Landeshymne mit einem anderen Text zu singen, so wird nun keine Haft mehr angedroht, dafür aber eine Strafe von 2000,00 € (LGBl. Nr. 3/2005). Soviel man weiß, ist die Strafe allerdings bisher kaum einmal exekutiert worden, und das wird wohl auch in Zukunft so bleiben. Merkwürdig bleibt der Fall allemal.

Den akkreditierten Hymnen zum Trotz gibt es fast überall »heimliche« Hymnen, nämlich jene Lieder, die spontan bei entsprechenden Anlässen gesungen werden, um patriotische Gefühle ausdrücken, also eigentlich »Fan-Gesänge« sind. »Dem Land Tirol die Treue«, ein Blasmusikmarsch mit gesungenem Trio von Florian Pedarnig ist so ein Lied, oder »Tirol isch lei oans«, das jenseits der Landesgrenze als »Karntn isch lei oans« ebenso funktioniert. In Salzburg gelten das beliebte Lied »I bin halt aus Salzburg … halt oder i schiaß di zsamm«, sowie »Mei Hoamat, mei Salzburg« (Text Otto Pflanzl 1910, Melodie Julius Welser) als heimliche Hymnen. »Besonders das Lied Pflanzls sorgte am Rande des Landtagswahlkampfes im Februar 2004 für Aufregung, da es einerseits durchgängig beliebt, aber andererseits auch zu den im NS-Regime bevorzugten Werken Pflanzls zählt. So verwendeten es die Grünen für eine Wahlkampf-CD mit kritisch veränderten Texten. Die Folkgruppe »Der Berg« bietet ebenfalls eine in Text und Melodie im Sinne des neuen Austrofolk veränderte Version an (vgl. Kammerhofer-Aggermann 2005, S. 49). Eine Geschichte der heimlichen Hymnen wäre wahrscheinlich nur zum kleinsten Teil eine Geschichte des Widerstandes, zum größeren Teil aber eine der gemütlichen bis reaktionären Selbstzufriedenheit.

Volks-Stolz

Es gibt Nationalhymnen und auch Landeshymnen, die man durchaus als aggressiv bezeichnen kann. Jene, die ihr Territorium relativ großzügig abstecken, wie das frühere Deutschlandlied (»Von der Maas bis an die Memel, von der Etsch bis an den Belt«), oder die schon genannte steirische Landeshymne wirken harmlos gegen die martialischen Töne der Marsaillaise, der französischen Hymne, deren Refrain auf deutsch etwa bedeutet: An die Waffen, Bürger, formiert eure Bataillone, marschieren wir, damit dieses unreine Blut unsere Ackerfurchen tränke. Das Lied wurde 1792 in Straßburg als »Kriegslied für die Armee am Rhein« kurz nach der Kriegserklärung an Österreich komponiert. Der Text der italienischen Hymne »Fratelli d'Italia«, auch »Mameli-Hymne« genannt, stammt von dem patriotischen Studenten Goffredo Mameli (1827–1849) und wurde 1847 unter dem Eindruck der ausbrechenden demokratischen Revolution und des bevorstehenden Freiheitskrieges gegen das Kaiserreich Österreich-Ungarn geschrieben. Die 6. Strophe ist gegen Österreich gerichtet und lautet in deutscher Übersetzung etwa:

Wie Binsen sind jene,
Die gekaufte Schwerter schwingen;
der österreichische Adler
hat schon die Federn verloren.
Das Blut Italiens,
Das Blut Polens
hat er mit dem Kosaken getrunken.
Aber sein Herz ist verbrannt.

Solche Texte stören die Hymnensänger normalerweise nicht, die deren ausschließende Bedeutung entweder akzeptieren oder – vielleicht der häufigere Fall – gar nicht mitdenken. Zu Konflikten kann es allerdings kommen, wenn in einer Person zwei verschiedene Nationalitäten wohnen. Als bei der letzten Winter-Olympiade im Februar 2006 in Italien der Südtiroler Gerhard Plankensteier im Doppelsitzer-Rodeln die Bronzemedaille gewann, fragte ihn ein italienischer Journalist beim Sieger-Interview, ob er, wenn er die Goldmedaille gewonnen hätte, das »Mameli-Lied« mitgesungen hätte. Es war eine perfide Frage, die darauf abzielte, den Sportler als Angehörigen der deutschen Minderheit, deren offizielle Schutzmacht Österreich ist, in Verlegenheit zu bringen. Plankensteiner, nervös und des Italienischen nicht sehr mächtig, antwortete darauf wörtlich: »Dieses Lied kenne ich nicht«, was für einen dreitägigen Skandal reichte und immerhin den Tiroler Landeshauptmann Van Staa, den Südtiroler Landeshauptmann Durnwalder und den italienischen Ex-Präsidenten Cossiga zu beschwichtigenden Kommentaren veranlasste (Plaikner 2006).

Volks-Poesie

So harmlos ist also der Gebrauch – oder auch der Nicht-Gebrauch – von Hymnen gar nicht. Jene, die keine haben, tun sich eigentlich leichter. Spanien hat eine Nationalhymne ohne Text, Wien hat gar keine Hymne. Braucht es keine? Will es keine? Hat es genug an seinen »heimlichen« Hymnen wie dem »Donauwalzer« oder »Wien, Wien, nur Du allein«? Auf Anregung des VP-Gemeinderates Johannes Hawlik wurde im Herbst 1996 über eine Ausschreibung in »Die Presse« eine Landeshymne für Wien gesucht; Presse-Leser wurden um die Einsendung von Texten gebeten, die nicht mehr als drei Strophen haben und »geschlechtsneutral« sein sollten. Jede Woche wurden Beispiele aus den einlangenden Texten publiziert; eine Jury versuchte, aus über 70 Einsendungen die besten herauszufinden. Der geniale Wurf war nicht dabei. Aber es ist immerhin interessant zu lesen, was der Mann / die Frau von der Straße an Wien schätzt. Die üblichen Klischees rund um Stephansdom und Donaustrom waren selbstverständlich dabei, aber immerhin wurden unter den Bauten neben Schönbrunn, der Karlskirche, dem Rathaus, der Votivkirche, der Burg und der Oper auch die Hochquellwasserleitung, der Aufbau nach dem Krieg, der Donauturm, das Hundertwasserhaus und das AKH genannt, unter den historischen Persönlichkeiten neben Prinz Eugen und Kaiser Franz auch Bruno Kreisky und Jassir Arafat, unter den Dichtern und Komponisten neben dem Lieben Augustin auch Karl Kraus. Preiswürdig erscheint den WienerInnen sowieso das Zusammenspiel von Tradition und Zukunft, Kultur und Natur, Stadt und Land, Noblesse und Schmäh, Hochhäusern und Heurigenliedern. Wien wird gesehen als umkämpftes Zentrum Europas, Bollwerk des Abendlandes, Sitz der OPEC und der Vereinten Nationen, an der aber auch soziale Einrichtungen wie Kinderspielplätze, Sport, saubere Strassen und öffentliche Verkehrsmittel geschätzt werden. Was bewegt die Wiener noch? Gemütlichkeit, das Wienerische, die Fiaker, die Donauinsel, Rapid, aber auch der Amtsschimmel, der tägliche Stau, keine Parkplätze, nur Supermärkte, Türken und Mafiosi, Jungbanker, Ratzen und Gürtelschnallen, was allerdings durch Kulinarisches aufgewogen scheint: Würstelstand, Beisl und »Schwedenplatzeisgenuss«. In nicht wenigen Texten wird die »Vielvölkerstadt« gepriesen, »Stadtheimat« und

»Heimatstadt« aller Nationen und aller Generationen. (Die Presse, 28. Jänner 1997, Wien-Journal; Archiv IVE). Wie gesagt, eine Hymne ist bei all den Anstrengungen nicht herausgekommen. Die Kunst wäre, aus den Klischees auszubrechen und dennoch etwas Sangbares, Griffiges zu liefern, und es war wahrscheinlich auch ein Versäumnis der Initiatoren, die vielen Hobbydichter nicht von vornherein auf die Möglichkeit aufmerksam gemacht zu haben, eine bekannte Melodie als Vorlage zu benützen, was allemal die Gedanken beflügelt.

»Volck's Lied«

Seiner schönsten Hymnenmelodie ist Österreich im Lauf seiner Geschichte verlustig gegangen. Haydns »Kaiserlied«, von ihm mit »Volck's Lied« überschrieben, war nach dem englischen Vorbild zunächst ein Loblied auf den Kaiser, Gottes Segen auf ihn und sein Land herabwünschend. Nach der Erstfassung für Kaiser Franz I. gab es neue offizielle Versionen und Strophen für die Krönung des Kronprinzen Erzherzog Ferdinand zum König von Ungarn (1830), für Kaiser Ferdinand I. (1835–1848), auf die Revolution und die konstitutionelle Monarchie von 1848, für Kaiser Franz Joseph I., für Kaiserin Sissi, für Deutschösterreich, für Österreich und schließlich für Deutschland. Bereits seit 1797 erschienen aber auch Gesellschaftslieder zu dieser Melodie, wie zum Beispiel »Auf ihr Schwestern, auf ihr Brüder, die der Freundschaft Band umschließt« oder »Singt in jubelvollen Chören, Vivat! Hamburg lebe hoch!« u. a., sowie Lieder mit liturgischen und paraliturgischen Texten. Noch heute wird die Melodie mancherorts als »Tantum ergo« gesungen (vgl. Biba 1982, 9). Nach der Katastrophe des 3. Reiches obsiegte das Empfinden, dass man dieses Lied, das als »Deutschlandlied« einem verbrecherischen Regime gedient hatte, nicht mehr für ein neutrales Österreich adaptieren könnte. In seiner Sitzung vom 9. April 1946 befasste sich der Ministerrat unter dem Vorsitz von Bundeskanzler Ing. Leopold Figl ausführlich mit diesem Problem. »Abschließend berichtete Bundesminister für Unterricht Dr. Hurdes über den Stand der Beratungen zur Schaffung einer neuen österreichischen Bundeshymne. Zweifellos würde, wie der Bundesminister ausführte, jeder Österreicher die alte Haydn-Hymne mit einem zeitgemäßen Text schon mit Rücksicht darauf, dass es sich hier um altes österreichisches Kulturgut handelt, für die gegebene österreichische Hymne halten. Leider hatte sich aber das Deutsche Reich dieser Melodie bemächtigt und für die unterdrückten Völker Europas war diese Melodie während der Jahre ihres Leidens als Hymne der nationalsozialistischen Gewaltherrschaft so verhasst geworden, dass jedes Abspielen der Haydn-Melodie im Ausland als Provokation empfunden werden würde. Es ist daher die Wiederverwendung der Melodie Haydns als österreichische Hymne unmöglich.« (Grasberger 1968, 133). Aus einem Wettbewerb ging schließlich die heutige österreichische Bundeshymne hervor, während Haydns Melodie nach wie vor der deutschen Nationalhymne dient, die aber textlich auf ihre einstige dritte Strophe (»Einigkeit und Recht und Freiheit«) reduziert wurde. Von Haydn ist überliefert, dass er sein »Volck's Lied« besonders liebte. Bis ins hohe Alter improvisierte er es fast täglich auf dem Klavier. Ob es von einer kroatischen Volksweise abstammt oder umgekehrt eine solche inspiriert hat, wird sich nicht mehr restlos klären lassen (Hemetek 2001, 161–163), tut aber eigentlich auch nichts zur Sache. Ein nicht näher bezeichneter Feuilletonist der »Grazer Tagespost« (»e.d.«) vom 1. August 1920 hat ihre Wirkung folgendermaßen charakterisiert: »... als die neue Hymne 1797 zum ersten Mal in den Theatern Wiens gesungen wurde, klang sie, als sei sie schon allen bekannt, als habe sie, vorher irgendwo schlummernd, nun ihr äußeres Leben begonnen. Sie war die erste Zusammenfassung einer österreichischen Seele. Die Menschen des alten Staates standen in diesem Klang, man fand sie nur einmal beisammen: in den wenigen Notenzeilen Josef Haydns. Wie Velasques in seinen Hofbildern Menschheitstypen, nicht Prinzen und Augenblicks-Dynasten malte, so benützte Haydn einen Anlaß, um den österreichischen Volkscharakter in einer Melodie zu sammeln« (zit. nach Grasberger 1968, S. 104).

Es gab mehrere Initiativen zur Rückgewinnung der Haydn-Melodie für Österreich, zuletzt von dem Dirigenten Peter Jan Mathé, der als Gründer des »Austria-Imperial-Festes« in Innsbruck mit der »Kaiser-Gala« als europäischem Adelstreffpunkt mit einer Schar von gleich gesinnten Promis und Opinion-Leaders der Gesellschaft anlässlich einer Gala im August 2004 eine Initiative vorstellte, mit der Österreich wieder seine alte Hymne zurückholen sollte. Die Argumentation: Nachdem nun einige der ehemaligen österreichischen Kronländer Mitglieder der EU geworden und damit die Grenzen gefallen seien, könnte die Haydn-Hymne dazu beitragen, das gemeinsame historische Bewusstsein zu festigen. Immerhin habe die Haydn-Hymne seinerzeit über 50 Millionen Menschen verbunden (Linde 2004).

Aber Hymnen, das wurde weiter oben schon festgestellt, bewegen sich nicht gern, und so ist auch diese Initiative versandet. Alle Jahre am 18. August ereignet sich allerdings in Bad Ischl im Salzkammergut Ungewöhnliches, wenn sich nämlich der Hochadel zur Feier des Geburtstages von weiland Kaiser Franz Josef I. trifft. Dann nämlich, am Schluss der »Kaisermesse« in der an diesem Tag übervollen Pfarrkirche, erklingt, von allen gemeinsam gesungen, das alte »Kaiserlied«.

Notenbeispiele

NB 1. Gott! erhalte Franz den Kaiser. Aus: Otto Biba: Gott erhalte!. Joseph Haydns Kaiserhymne. Faksimile des Erstdrucks. Wien 1982.

Zu Mantua in Banden

NB 2. Zu Manuta in Banden. Tiroler Landeshymne. Aus: Hartmann Goertz und Gerlinde Haid: Die schönsten Lieder Österreichs. Wien 1979, S. 30–31.

2. Die Hände auf dem Rücken,
der Sandwirt Hofer ging
mit ruhig festen Schritten,
ihm schien der Tod gering,
der Tod, den er so manchesmal
vom Iselberg geschickt ins Tal,
|: im heilgen Land Tirol,
im heilgen Land Tirol. :|

3. Doch als aus Kerkergittern
im festen Mantua
die treuen Waffenbrüder
die Händ er strecken sah,
da rief er laut: „Gott sei mit euch,
mit dem verratnen deutschen Reich
|: und mit dem Land Tirol,
und mit dem Land Tirol!“ :|

4. Dem Tambour will der Wirbel
nicht unterm Schlegel vor,
als nun der Sandwirt Hofer
schritt durch das finstre Tor.
Der Sandwirt, noch in Banden frei,
dort stand er fest auf der Bastei,
|: der Mann vom Land Tirol,
der Mann vom Land Tirol. :|

5. Dort soll er niederknien.
Er sprach: „Das tu ich nit!
Will sterben, wie ich stehe,
will sterben, wie ich stritt,
so, wie ich steh auf dieser Schanz.
Es leb mein guter Kaiser Franz,
|: mit ihm das Land Tirol,
mit ihm das Land Tirol!“ :|

6. Und von der Hand die Binde
nimmt ihm der Korporal,
und Sandwirt Hofer betet
allhier zum letztenmal.
Dann ruft er: „Nun, so trefft mich recht.
Gebt Feuer! — Ach, wie schießt ihr schlecht!
|: Ade, mein Land Tirol!
Ade, mein Land Tirol!“ :|

Hoamatlånd, Hoamatlånd

2. Duri s Tål bin i glaffn, afn Höcherl bin i glegn,
und dein Sunn håt mi trickat, wånn mi gnetzt håt dein Regn,
und dein Sunn håt mi trickat, wånn mi gnetzt håt dein Regn.

3. Deine Bam, deine Staudna san groß wordn mit mir,
und sie bliahn schen und trågn, sågn: Måchs a so wia mia,
und sie bliahn schen und trågn, sågn: Måchs a so wia mia.

4. Am schönern måchts Bacherl, laft ållweil tålå,
åber s Herz, von wos ausrinnt, s Herz, des låßts då,
åber s Herz, von wos ausrinnt, s Herz, des låßts då.

5. Und i und die Båchquelln san Vetter und Moahm,
treibts mi wo da wöll umma, mein Herz is dahoam,
treibts mi wo da wöll umma, mein Herz is dahoam.

6. Dahoam is dahoam, wånnst net fortmuaßt, so bleib,
denn die Hoamat is ehnta da zweit Muattaleib,
denn die Hoamat is ehnta da zweit Muattaleib.

NB 3. Hoamatlånd, Hoamatlånd. Oberösterreichische Landeshymne.
Aus: Hartmann Goertz und Gerlinde Haid: Die schönsten Lieder Österreichs.
Wien 1979, S. 257.

Hoch vom Dachstein an

NB 4. Hoch vom Dachstein an. Steirische Landeshymne. Aus: Hartmann Goertz und Gerlinde Haid: Die schönsten Lieder Österreichs. Wien 1979, S. 259–260.

2. Wo die Gemse keck von der Felswand springt
und der Jäger kühn sein Leben wagt,
wo die Sennerin frohe Jodler singt
am Gebirg, das hoch in Wolken ragt:
dieses schöne Land ist der Steirer Land
ist mein liebes, teures Heimatland,
dieses schöne Land ist der Steirer Land,
ist mein liebes, teures Heimatland!

3. Wo die Kohlenglut und des Hammers Kraft,
starker Hände Fleiß das Eisen zeugt,
wo noch Eichen stehn, voll und grün von Saft,
die kein Sturmwind je noch hat gebeugt:
dieses schöne Land ist der Steirer Land
ist mein liebes, teures Heimatland,
dieses schöne Land ist der Steirer Land,
ist mein liebes, teures Heimatland!

4. Wo sich lieblich groß eine Stadt erhebt
hart am Atlasband der grünen Mur,
wo ein Geist der Kunst und des Wissens lebt,
dort im hehren Tempel der Natur:
dieses schöne Land ist der Steirer Land,
ist mein liebes, teures Heimatland,
dieses schöne Land ist der Steirer Land,
ist mein liebes, teures Heimatland!

Dort, wo Tirol an Salzburg grenzt

2. Wo durch der Matten herrlich Grün
des Draustroms rasche Fluten ziehn;
vom Eisenhut, wo schneebedeckt
sich Nordgaus Alpenkette streckt,
|: bis zur Karawanken Felsenwand
dehnt sich mein freundlich Heimatland. :|

3. Wo von der Alpenluft umweht
Pomonens schönster Tempel steht,
wo durch die Ufer, reich umblüht,
der Lavant Welle rauschend zieht,
|: im grünen Kleid ein Silberband,
schließt sich mein liebes Heimatland. :|

4. Wo Mannesmut und Frauentreu
die Heimat sich erstritt aufs neu,
wo man mit Blut die Grenze schrieb
und frei in Not und Tod verblieb,
|: hell jubelnd klingts zur Bergeswand:
Das ist mein herrlich Heimatland. :|

NB 5. Dort, wo Tirol an Salzburg grenzt. Kärntner Landeshymne. Aus: Hartmann Goertz und Gerlinde Haid: Die schönsten Lieder Österreichs. Wien 1979, S. 263–264.

Land der Berge

2. Heiß umfehdet, wild umstritten,
liegst dem Erdteil du inmitten
einem starken Herzen gleich.
Hast seit frühen Ahnentagen
hoher Sendung Last getragen,
vielgeprüftes Österreich,
vielgeprüftes Österreich.

3. Mutig in die neuen Zeiten
frei und gläubig sieh uns schreiten,
arbeitsfroh und hoffnungsreich.
Einig laß in Brüderchören,
Vaterland, dir Treue schwören,
vielgeliebtes Österreich,
vielgeliebtes Österreich.

NB 6. Land der Berge. Österreichische Bundeshymne. Aus: Hartmann Goertz und Gerlinde Haid: Die schönsten Lieder Österreichs. Wien 1979, S. 269.

Literatur

Biba, Otto: Gott erhalte! Joseph Haydns Kaiserhymne. Faksimile des Erstdrucks. Wien, 2. Aufl. 1995.

Grasberger, Franz: Die Hymnen Österreichs. Tutzing 1968.

Härtel, Hermann: Die steirische Landeshymne. In: Der Vierzeiler, Jg. 24, Graz 2004, Nr. 2, S. 34–35.

Haid, Gerlinde: »Zu Mantua in Banden …« eine Aufregung um die Tiroler Landeshymne aus dem Jahr 1993. In: Musikalische Volkskunde und Musikpädagogik. Festschrift für Günther Noll zum 75. Geburtstag, hrsg. v. Gisela Probst-Effah, Essen 2002.

Haid, Gerlinde: Leserbrief zu »Morgenröte sorgt für Zornesröte« in TT vom 17. 2. 2004.

Hemetek, Ursula: Mosaik der Klänge. Musik der ethnischen und religiösen Minderheiten in Österreich. (=Schriften zur Volksmusik, 20), Wien 2001.

Kammerhofer-Aggermann, Ulrike: Wappen, Flaggen und Hymnen. Landessymbole sind Ausdruck staatlicher Souveränität. In: Salzburger Volkskultur, 29. Jg., Salzburg 2005, S. 46–50.

Linde, Winfried W.: »Wir fordern die Haydn-Hymne«. Tirol Kurier vom 10. 6. 2004, S. 11.

Kopiez, Reinhard und Guido Brink: Fußball-Fangesänge. Eine FANomenologie. Würzburg, 1998.

Plaikner, Peter: Hymnen wühlen in alten Wunden. In: TT Nr. 42, 20. Februar 2006, S. 4.

Schiering, René: Rituelle Kommunikation: Dokumentation Schalker Schlachtrufe und Fangesänge in der Fußballsaison 2005/2006. Projektantrag. In: http://www.uni-leipzig.de/~schier/, Zugriff vom 10. 6. 2006.

Schwab, Heinrich W.: Das Vereinslied des 19. Jahrhunderts. In: Handbuch des Volksliedes, Bd. 1, München 1973, S. 863–898.

Soldatenlieder der k.u.k. Armee. Audio CD 1 und 2, CD-Rom und Begleitheft, Wien 2000 (= Tondokumente aus dem Phonogrammarchiv der Österreichischen Akademie der Wissenschaften, 4).

Szabo-Knotik, Cornelia: Hymnen. In: www.musilexikon.ac.at, Zugriff vom 10. 6. 2006.

Weihsmann, Gert: Kommentar zu »Haider bezeichnet Slowenien als Bananenrepublik«. In: Standard 20. 4. 2006.

Internetquellen

http://home.arcor.de/sav-Leipzig/vereinshymne.htm, Zugriff vom 9. 6. 2006

http://members.aon.at/fnz-nord/hymne.htm, Zugriff vom 9. 6. 2006.

http://oesterreich.orf.at/stories/60245, 26. 9. 2005

http://www.svstans.com/html/body_vereinshymne.html

http://www.vbl.org/hymne.php, Zugriff vom 9. 6. 2006

www. Bluatschink.at/zu_mantua_in_banden.htm

www.connex.at/stsb/de/hymne.php; Zugriff vom 10. 6. 2006

www.n-tv.de/662940.html, Zugriff vom 9. 6. 2006

www.spoe-tirol.at/files/user/02Unterseiten/DruckAusgabe.php?aid=1312. Zugriff vom 10. 6. 2006.

Ursula Hemetek

»Gelem, gelem lungone dromeja« – Ich bin einen weiten Weg gegangen

Die internationale Hymne des »fahrenden Volkes« – Symbol einer Nation?

Dieser Titel enthält ganz bewusst einige Widersprüche: Inwiefern kann eine Hymne, die das Symbol einer Nation sein soll, international sein, und wie kann ein Volk, das über kein Territorium verfügt, eine Nation sein?

Das Beispiel der Roma – einer Minderheit weltweit ohne eigenes Territorium – eignet sich besonders gut zum Hinterfragen bestimmter tradierter Haltungen und Thesen, die Nationen, deren Symbole und im Besonderen Hymnen betreffen.

Hymnen als nationale Symbole

Im europäischen Nationalstaat – dem Konstrukt des 19. Jahrhunderts, das bis heute in Europa vorherrscht – wird Einheit propagiert, als nationale Identität, und ethnische Homogenität verbunden mit einem bestimmten Territorium. Die Modelle, mit der aus der Geschichte erklärbaren und logischerweise vorhandenen ethnischen und religiösen Vielfalt umzugehen, sind verschieden, es gibt aber immer nur eine dominante Kultur, eine Staatssprache, und daneben verschiedene nicht dominante Minderheiten-Existenzen. Einzige Ausnahme ist das Modell des multinationalen Staates Schweiz. Ob das Streben nach Homogenität auf die Spitze getrieben wird, indem auch noch ethnische Reinheit angestrebt wird, hängt vom jeweiligen politischen Regime ab. Ich verweise als Beispiel auf die relativ jungen Nationalstaaten im ehemaligen Jugoslawien und die »ethnischen Säuberungen«, ein zynisches Schlagwort, das wir im Laufe des Krieges von 1992 nur allzuoft gehört haben.

Alle diese Herrschaftsmodelle brauchen nationale Symbole, damit sich die Menschen mit dieser künstlichen Einheit, einer »nation as imagined community« (Anderson 1993), identifizieren können. Diese Symbole haben auch die Funktion der Abgrenzung von Anderen. Zeichen und Symbole werden als die sichtbaren Zeichen einer gemeinsamen Identität, einer gemeinsamen Vergangenheit und auch Zukunft zur symbolischen Repräsentation verwendet (Grbić 1997).

Emotionen sind dabei wichtig. Hymnen als solche Symbole haben die zusätzliche Eigenschaft, durch ihre musikalische Komponente die Gefühlsebene direkt anzusprechen.

Wenn nun also eine Nationalhymne ein Symbol für eine Nation wäre, und Nation ein bestimmtes Territorium voraussetzt, dann wäre die Romahymne keine solche, denn die Roma sind keine Nation mit Territorium. Wenn aber andererseits gemeinsame Identität, gemeinsame Geschichte und Zukunft, als Abgrenzung von anderen symbolisiert werden sollen, dann könnte »Gelem gelem« sehr wohl diese Funktion und Qualität haben.

Ohne einen Blick in die Geschichte und Gesellschaftsstruktur der Roma wird man dem Phänomen »Gelem gelem« jedoch nicht gerecht. Es gibt nämlich nicht nur ein »Gelem gelem«, sondern viele verschiedene Varianten davon. Und »Gelem gelem« ist ein Beispiel dafür, dass mit einer Hymne auch Vielfalt und nicht nur »Einfalt« propagiert werden kann.

Die Romahymne als Ausdruck von Gemeinsamkeit

Zunächst ein erstes Beispiel dieser Hymne:

Textvariante 1:
1. Ĝelem, ĝelem lungone dromeja
maladilem šukare romeja.
Ĝelem, ĝelem lungone dromeja
maladilem šukare romeja.

Ref: *Aj, aj, romalen, (aj romalen)*
aj čhavalen. (2 ×)

NB 1. Ensemble Milan Jovanović (genannt Paganini) in der Besetzung: Gesang, Violine, Akkordeon, Keyboard, Gitarre. Wien, 8.6.1990 Aufnahme: Helmut Frank, Transkription: Albena Pantcheva, Quelle: Hemetek et.al. 1992

2. Ćindem laće lolo dikhlo tursko
kaj voliv la, ačhel latar pusto.

Refrain

3. Ala voliv laće kale jakha
kaj si kale sar duj kale drakha.

Refrain

Übersetzung:
1. Ich bin einen weiten Weg gegangen
und ich habe einen schönen Rom getroffen.

Ref: *Oh, ihr Roma, oh, ihr Burschen.*

2. Ich habe ihr ein rotes, türkisches Tuch gekauft
weil ich sie liebe. Es soll von ihr verflucht sein.

Refrain

3. Oh, wie liebe ich ihre schwarzen Augen
weil sie so schwarz sind, wie zwei Weintrauben.

Zum Text:
»Ich bin einen weiten Weg gegangen, ich habe einen schönen Rom (oder andere oder glückliche Roma) getroffen«: verglichen mit »Land der Berge« oder anderen Hymnentexten ein einigermaßen erstaunlicher Text. Dort werden meist die Schönheit, die Größe, und die historischen Errungenschaften des eigenen Landes und die großartigen Eigenschaften seiner Bewohner besungen. Dieser Text sagt aber trotzdem viel über die Roma aus, etwa über die Geschichte und die Gesellschaftsstruktur.

Zur Geschichte nur soviel: Die Geschichte der Roma ist eine Verfolgungsgeschichte, die ihren grausigen Höhepunkt zur Zeit des Nationalsozialismus gefunden hat, als etwas 500 000 Roma in den Konzentrationslagern der Nazis ermordet wurden. Die Roma stammen aus Indien, erste Belege der Anwesenheit in Europa finden sich um 1100. Die Wanderungsgeschichte konnte anhand der Sprache grob rekonstruiert werden, aber auch anhand von Verordnungen gegen Roma (vgl. Vossen 1983, Heinschink 1994 u. a. mehr). Es ist demnach klar, dass sie nirgends erwünscht waren, immer wieder vertrieben wurden, und somit nicht der sogenannte »Wandertrieb« für die langen Wanderungen verantwortlich war, sondern die Ablehnung allerorts. Wanderung ist also einerseits eine historische Realität andererseits aber in der heutigen Zeit ein Mythos, denn heute sind 95 Prozent aller Roma in Europa sesshaft. Die Wanderungen erfolgten in einzelnen Gruppen, auf verschiedenen Wegen. Die verschiedenen Gruppen hielten sich in verschiedenen Ländern längere Zeit auf und die Kulturtraditionen der jeweiligen Mehrheit hatten Einfluss auf einerseits die Sprache – erkennbar anhand der Lehnworte – und auf die traditionelle Kultur. Es gibt weder eine einheitliche Romakultur noch eine einheitliche Romamusik. Die Sprache Romanes hat etwa 1000 Ursprungswörter aus dem Sanskrit, der Rest sind Lehnworte aus verschiedenen Sprachen. Es existieren unüberschaubar viele Varianten des Romanes weltweit. Die verschiedenen Romagruppen unterscheiden sich also durch die jeweilige Geschichte, die Romanesvarianten, aber auch durch verschiedene Bräuche, Tabuvorschriften, und nicht zuletzt durch die Musik. Diese Vielfalt wird dadurch noch begünstigt, dass die Romakultur bis vor kurzem nur mündlich tradiert wurde.

Aus dieser Situation resultieren verschiedene Identifikationsebenen (ich spreche von kollektiven Identitäten): an erster Stelle steht die eigene Sippe, dann die eigene Gruppe, das Volk, als Abgrenzung zu den Gaže (Nichtroma), zum Teil der Staat, in dem man lebt, dessen Staatsbürgerschaft man besitzt. Der Sippenzusammenhalt hat nach wie vor einen sehr hohen Stellenwert, was sich u. a. in häufigen Treffen, in finanzieller und emotionaler Unterstützung und verschiedenen Bräuchen, wie z. B. die Ehrung eines ankommenden Sippenmitgliedes (paćiv, siehe Hemetek 2001, p. 470–475), zeigt. Die Sozialstruktur wird in der Literatur oft so beschrieben, dass das Kollektiv weit über dem Individuum steht. »Ein Rom ist nichts ohne seine Familie, seine Sippe«, ist ein Satz, den ich bei meinen Feldforschung oft hören konnte.

Der Text der Hymne spricht also den Mythos Wandern an, außerdem den Sippenzusammenhalt (»ich habe einen Rom/andere Roma getroffen«), allgemeine Werte in der Romakultur weltweit. Durch die anderen Parameter wird differenziert. Durch den verwendeten Romanesdialekt wird die Romagruppe ausgewiesen und durch die musikalische Realisierung ebenfalls, wie wir gleich sehen werden.

Varianten der Romahymne als Spiegel der Vielfalt

Es gibt die Romamusik nicht. Aus der Geschichte verständlich, existieren sehr viele verschiedene Stile, der Sinti-Jazz gehört genauso dazu wie der Flamenco oder die ungarische Zigeunermusik.

»Gelem gelem« ist wahrscheinlich überhaupt die einzige Melodie weltweit, die von so vielen verschiedenen Romgruppen gespielt und gesungen wird. Aber in der Art und Weise, im Wie, liegen die großen Unterschiede. Die einzigen Konstanten bei den vielen verschiedenen Varianten sind nur die bereits vorgestellten ersten beiden Textzeilen und die Grundmelodie des crsten Teiles.

Die serbische Version (Nb 1) hat noch verschiedene andere musikalische Charakteristika, außer dem Bau der Melodie, die freirhythmisch artikuliert wird, und aus A und B (Refrain) besteht. Sie wird ausgeführt von einem Ensemble in der Besetzung: Gesang, Violine, Akkordeon, Keyboard, Gitarre. Die Sängerin tritt in den Hintergrund, die Textverständlichkeit ist kaum gegeben. Der Refrain wir zweistimmig gesungen und zwar unter Mitwirkung des Publikums.

Dieser Stil der Aufführung ist nun nicht ein Charakteristikum von Romamusik generell, sondern regional geprägt. Man kann deutlich serbische Regionalstile heraushören, insbesondere was die instrumentale Komponente betrifft. Die Romahymne wird im serbischen Romamusikstil artikuliert.

Ganz anders beim nächsten Beispiel. Es gehört zum Vokalstil der Lovara, einer Romagruppe, die ehemals mit Pferden handelte und in Österreich bis nach dem Zweiten Weltkrieg in Wohnwagen unterwegs war (Näheres siehe Halwachs 1999). Der Vokalstil der Lovara ist eine Gattung, die weltweit bei Angehörigen dieser Romagruppe zu finden ist. Charakteristika der »langsamen Lieder« der Lovara sind:

NB 2. Rudi Mikula, Gesang und Akkordeon, Wien 26. Juni 1993
Aufnahme und Transkription: Ursula Hemetek, Quelle: Institut für Volksmusikforschung und Ethnomusikologie

Freirhythmische Artikulation, hohe Textverständlichkeit – es wird in einem Lied immer ein Geschichte erzählt –, solistischer Vortrag unter Einbeziehung der Zuhörer, Improvisation, besondere Gestaltung der Zeilenschlusstöne (Näheres siehe Hemetek 2001 p. 293–328). Die Hymne wurde dahingehend adaptiert. Die Melodielinie wird beibehalten, der Text aber je nach Situation variiert. Der Sänger »spricht« mit dem Publikum, erwartet Reaktionen. Die Instrumentalbegleitung, hier ein Akkordeon, tritt in den Hintergrund. In der Melodiegestaltung werden verschiedene Stilmittel eingesetzt, die aus der Improvisation entstehen.

Eine andere Textversion der Lovara ist die folgende. Hier hat Mišo Nikolić, der Ehemann und Begleiter der Sängerin Ruža Nikolić-Lakatos, einen neuen Text gemacht, der auf die Geschichte der Roma Bezug nimmt, und genauer erzählt, wie es den Roma ergangen ist.

(Dies ist jene Textversion, die auf der beiliegenden CD zu hören ist).

1. Gelem, gelem, lungone dromenca
maladilem e bute romenca.
Barvalenca taj vi e čorenca
taj vi lenge bute šavorenca.

Refrain: *Aj, romalen, aj šavalen.*

2. Aj romalen, katar tumen aven?
Katar aven romale butalen?
Amen avas anda e Indija,
sa le Rom sam sar jek familija.

Refrain

3. Aj romalen, kado drom sas pharo
kaj phirasas ando them, o baro.
Vurdonenca taj čore cerenca,
e asvenca taj bare dukhenca.

NB 3. Esma Redjepova und Ensemble Teodosievski, Probe für »Magneten«, 1993
Aufnahme und Transkription: Ursula Hemetek, Quelle: Institut für Volksmusikforschung und Ethnomusikologie

Refrain

Übersetzung:
1. Ich bin weite Wege gegangen
und ich habe viele Roma getroffen.
Reiche und Arme habe ich getroffen
und auch ihre vielen Kinder.

2. Roma, woher kommt ihr?
Woher kommt ihr, die ihr so viele seid?
Wir kommen aus Indien
Wir Roma sind alle wie eine große Familie.

3. Oh, Roma, es war ein schwerer Weg,
den wir gegangen sind auf dieser Welt.
Mit Wagen und mit ärmlichen Zelten,
mit Tränen und mit Schmerzen.

Text: Mišo Nikolić, April 1994

Es ist ein ganz bestimmter Gruppenstil, an den die Hymne hier angepasst wird, um den ästhetischen Erwartungen eines Lovara-Publikums zu entsprechen.

Im nächsten Beispiel ist es wieder eine Region, die deutlich herauszuhören ist. Orientalische Stimmgebung und der Einsatz von Melismen sind hervorstechend. Esma Redjepova stammt aus Makedonien und singt die Hymne in jenem Stil, der für Makedonien typisch ist. Außerdem kommt hier noch eine sehr individuelle künstlerische Gestaltung dazu.

Ich könnte die Liste beliebig fortsetzen, z. B. mit »ungarische Zigeunermusik«, wo der Refrain als Csárdás artikuliert wird, oder einer »Flamenco-Version«. Aber ich denke, die Unterschiede sind bereits deutlich geworden.

Die Hindernisse bei der Konstruktion eines »nationalen« Symbols

Um zu beurteilen, inwieweit nun diese Vielfalt an Melodien eine einheitliche Identität oder was für eine Identität repräsentiert, ist zu untersuchen, wie die Roma die Hymne gebrauchen.

Der Umgang der Roma mit Musik in Bezug auf sog. Eigenes und Fremdes ist in dem Zusammenhang wichtig.

Svanibor Pettan (2001) sagt dazu etwas sehr Treffendes und es deckt sich mit meinen eigenen Beobachtungen:

> »Dispersed all over the world, having no nation-state of their own, and even lacking a strong sense of belonging to a national (Gypsy) body, Gypsies seem to personify conditions that are as far as possible removed from conditions a (conservative) folk music researcher would wish for his or her own ethnic group. Gypsy musicians do not perform one ›Gypsy folk music‹ and even do not necessarily distinguish between own and adopted music. Neither the origin of tunes is relevant, nor its Gypsyness, but its aesthetic or market values« (Pettan 2001: 132).

Die Roma entziehen sich also in ihrer Musikausübung den Inszenierungen von Nationalität durch Musik im üblichen Schema. Deshalb wird auch die Romahymne jeweils so ausgeführt, wie es der Stil der Musikanten verlangt, oder was sie für ihr Publikum entsprechend finden. Trotzdem wird sie gespielt, aber in vielen Zusammenhängen wohl einfach als ein Stück Musik, das geeignet ist, dem Publikum zu entsprechen, das sich gebrauchen lässt.

Für die These einer gewissen Zufälligkeit spricht auch die Entstehungsgeschichte:

Es fand 1971 der erste Romaweltkongress in London statt, mit Teilnehmern aus allen Teilen der Welt, vorwiegend aber Europa. Der Präsident stammte aus dem ehemaligen Jugoslawien. Wohl deshalb wurde entschieden, eine traditionelle Melodie aus seinem Herkunftsland als Hymne zu verwenden. Ein Text wurde von Žarko Jovanović verfasst. Außer der ersten Strophe wird dieser Originaltext jedoch in Wien nicht verwendet, sondern ein Liebeslied angeschlossen (Siehe NB 1).

Am Anfang stand der Wille, ein gemeinsames »nationales« Symbol zu haben, einfach weil es in der Welt der Gaže auch solche Symbole gibt. In der Folge entwickelte sich der unbekümmerte und äußerst kreative Umgang mit diesem »nationalen Symbol«.

In Österreich wurde diese Melodie für die fünf Hauptgruppen der Roma erst mit dem Beginn der politischen Bewegung wichtig (ab 1988) und durch die Roma aus dem ehemaligen Jugoslawien bekanntgemacht.

Die folgende Tabelle gibt Herkunftsland, Siedlungsraum und Ansiedlungszeitpunkt wieder, erhebt keinen Anspruch auf Vollständigkeit und soll nur der Orientierung dienen. Kommentare finden sich u. a. bei Halwachs (1999) oder Hemetek (2001).

	Sinti	Bgld.-Roma	Lovara	Kalderaš	Arlije
Emigrationsland	S-Deutschland, Tschechien	Ungarn	Ungarn, Slowakei	Serbien	Mazedonien, Kosovo
Immigrationszeit	um 1900	ab 15. Jh.	2. Hälfte 19. Jh., 1956	ab 1960er	ab 1960er
Siedlungsraum	primär Städte	Burgenland (oöst. Städte)	primär Raum Wien	Raum Wien	Raum Wien

Abb. 1 (aus: Halwachs 1999: 125)

Die Burgenlandroma kannten die Hymne vorher nicht, haben aber inzwischen bereits eine Pop-Version davon aufgenommen (Romano Rath, 1999).

Die Lovara haben eine textzentrierte Version gemacht (siehe oben), mochten die Melodie vorher nicht, jetzt kommt sie aber z. B. in den Programmen von Ruža Nikolić-Lakatos regelmäßig vor und sie hat ihre letzte CD sogar danach benannt (Gelem, gelem, 2001). Ihre Version wurde für das Projekt »Die andere Hymne« ausgewählt und ist auch auf der beiliegenden CD zu finden.

Die Sinti haben musikalisch noch nicht reagiert, soweit mir bekannt ist, jedenfalls nicht in Österreich.

Die Roma aus dem ehemaligen Jugoslawien waren diejenigen, die

Abb. 2. Die Schlussszene aus Magneten. Quelle: Programmheft Magneten 1994

die Melodie nach Österreich mitgebracht haben. Aber auch hier ist der Gebrauch als »nationales Symbol« von einem leichten Augenzwinkern begleitet. Trotzdem ist die Hymne zu einem ethnischen Symbol geworden, das in einem Kampf um politische Anerkennung in der Welt der Gaže notwendig ist.

Sie ist auch brauchbar, zweifelsohne, wenn es um den Nachweis einer gemeinsamen Identität geht. Sie ist eine Reverenz an die Denkweise der Gaže und kann immer hervorgeholt werden, wenn »nationale« Symbole gebraucht werden.

Ganz deutlich wird dies anhand eines Beispiels aus dem Jahr 1994. Es ist die Schlussszene aus André Hellers »Magneten« (eine Romamusikshow, die Romastile aus der ganzen Welt auf die Bühne brachte). Esma Redjepova singt am Schluss gemeinsam mit allen Akteuren dieser Show die Romahymne »Gelem, gelem«. Es wird Gemeinsamkeit zelebriert, »nationale« Einheit. Das Bühnenkonzept sah vor, dass die jeweiligen Gruppen nacheinander auftreten, dann auf der Bühne bleiben, und jeweils musikalisch oder tänzerisch interagieren. Die Hymne am Schluss sollte sozusagen den Höhepunkt der Gemeinsamkeit bilden, da ansonsten die Vielfalt thematisiert wurde (s. Abb. 2).

Ich bin sicher, dass Esma die Hymne als ein gutes Stück Musik schätzt. Ich bin allerdings nicht sicher, ob sie sie als nationales Symbol versteht. André Heller, der Regisseur, sehr wohl, deshalb hat er den Schluss so inszeniert.

Ich habe die Romahymne oft gehört, in sehr vielen verschiedenen Zusammenhängen und Versionen. Nie sind Roma aufgestanden, oder hätten die Hand aufs Herz gelegt, oder hätten jene Feierlichkeit und Pathetik entwickelt, die nationalen Symbolen oft anhaftet. Mozes Heinschink und ich, zwei Gaže, die sich mit der Romabewegung identifizierten, haben das einmal zum Spaß bei einer Romaveranstaltung getan, was zu einem allgemeinen Heiterkeitsausbruch geführt hat.

Wenn die nationale Inszenierung überhaupt stattfindet, wird sie immer von einem Augenzwinkern begleitet, das aus den angeführten Gründen erklärbar ist und das die Romahymne um so Vieles sympathischer macht als andere Hymnen.

Literatur und Tonträger

Anderson, Benedict: Die Erfindung der Nation. Zur Karriere eines folgenreichen Konzepts. Frankfurt a.M./New York, 1993.

Gelem, gelem. Rusza N. Lakatos and the Gypsy family. AUME CSM Y0133-P12, 2002.

Grbić, Jadranka: Searching for the Familiar, Facing the Foreign ...Dimensions of Identity of the Croates from Bosnia-Herzegovina. In: Narodna umjetnost 34/1, Zagreb 1997, S. 7–25.

Halwachs, Dieter W: Romani in Österreich. In: Die Sprache der Roma (Hg. Dieter W. Halwachs/Florian Menz), Klagenfurt 1999, S. 112–147.

Heinschink, Mozes F.: E Romani čhib – Die Sprache der Roma. In: Roma – das unbekannte Volk, Wien 1994, S. 110–129.

Hemetek, Ursula: Mosaik der Klänge. Musik der ethnischen und religiösen Minderheiten in Österreich. (= Schriften zur Volksmusik Bd. 20) Wien 2001.

Pettan, Svanibor: Encounter with »The Others from Within«: The Case of Gypsy Musicians in Former Yugoslavia. In: Folk Music in Public Performance (= the world of music, vol. 43) Berlin 2001, S. 119–139.

Romano Rath. CD, Herausgeber: Verein Roma, PUP Records 1999.

Vossen, Rüdiger: Zigeuner, Roma, Sinti, Gitanos, Gypsies, zwischen Verfolgung und Romantisierung. Katalog zur Ausstellung des Hamburgischen Museums für Völkerkunde, Frankfurt/M./Berlin/Wien 1983.

Martha Hammerer

»Üsküdara gider iken« in der Bearbeitung von Sabri Tuluğ Tırpan[1]

Ich dachte einfach, das ist ein türkisches Lied, und basta. Und ich hab mir gedacht, wenn man das in Bosnien oder in Griechenland singt, singen die das wahrscheinlich als ein türkisches Lied. Und sie übersetzen das also genau als türkisches Lied, übersetzen den türkischen Text, und singen das – wahrscheinlich, so hab' ich mir das gedacht. Und natürlich war ich total, ich meine, ich war wirklich unglaublich überrascht! Ich hab gleich ein Briefchen zu meinen Freunden in der Türkei – also Musikerkollegen oder meinen Vater und so – geschrieben: Wisst ihr, also, dieses Lied ist ein richtiges Problem zwischen den Völkern im Balkan!
(Sabri Tuluğ Tırpan im Interview vom 1. 4. 2006)

Diese Aussage des Musikers und Komponisten Sabri Tuluğ Tırpan, nachdem er von der Initiative Minderheiten den Auftrag angenommen hatte, sich mit dem vielfältigen Gebrauch der Melodie eines Liedes, das wahrscheinlich türkischen Ursprungs ist kompositorisch auseinanderzusetzen, ist durchaus nachvollziehbar. Jede der Gruppen, die die Melodie gebraucht, betrachtet sie als »ihre« (Bosnier, Griechen, Albaner, Bulgaren, Serben, Makedonier, Sepharden). So ist der Gebrauch dieser wahrhaft balkanischen Melodie ein Beispiel für die Überwindung von ethnischen Grenzen, ebenso wie für die Manifestation von Nationalismus.

Weil mich die Art und Weise, wie Sabri Tuluğ Tırpan die schwierige musikalische Aufgabe gelöst hat, sehr beeindruckt hat (ich habe

1 Ich möchte mich besonders bei Ursula Hemetek für ihre geduldige und hilfreiche Unterstützung von der Seminararbeit bis zum Artikel ganz herzlich bedanken.

die Uraufführung miterlebt), möchte ich mich näher mit dem Phänomen »Üsküdara gider iken« und dessen Bearbeitung durch Sabri Tuluğ Tırpan auseinandersetzen.

Obwohl das Lied »Üsküdara gider iken« seine Ursprünge in der Türkei hat, nennen es doch viele Menschen in den Balkanländern ihr Eigen. Dabei ist die Grundmelodie des Liedes aber unverkennbar die gleiche. Intensive Forschung zu dieser Problematik hat vor allem in den letzten Jahren stattgefunden.

Im Film »Wem gehört das Lied?« begibt sich die Regisseurin Adela Peeva auf die Spurensuche dieses Liedes in der Türkei, sowie in fünf weiteren Balkanländern: Griechenland, Makedonien, Bosnien, Serbien und Bulgarien. Fanya Palikruschewa – de Stella vergleicht in ihrer schriftlichen Hausarbeit »Ein Lied für alle« (Wien, Oktober 2004) die Versionen des Liedes in Peevas Film. Ebenfalls im Jahr 2004 erscheint ein Artikel von Dorit Klebe, in dem sie die Wandlung des Liedes anhand einer Tonaufnahme von 1902 untersucht.

Das Lied »Üsküdara gider iken« (Auf dem Weg nach Üsküdar) ist ein Liebeslied, und in der ganzen Türkei überaus populär. Es wird aus der Sicht einer Frau gesungen, und handelt von einem schönen Schreiber, der auf dem Weg nach Üsküdar[2] vom Regen überrascht wurde (Vgl. Palikruschewa 2004: 32) (siehe NB 1).

Zum Ursprung des Liedes »Üsküdara gider iken«

Dorit Klebe beschreibt Ursprung und Verbreitung des Liedes »Üsküdara gider iken«:

> *Möglicherweise im 19. Jahrhundert in Konstantinopel entstanden, ist es eines derjenigen Lieder, die, außer im geographischen Gebiet der Frühdokumentation, auch in andere Provinzen des Osmanischen Reiches wanderten – hier sind insbesondere Griechenland und der Balkan zu nennen –, und die sich auch in Osteuropa verbreiteten. Zudem hat dieses Lied im 20. Jahrhun-*

2 Üsküdar: Bezirk im anatolischen Teil von Istanbul

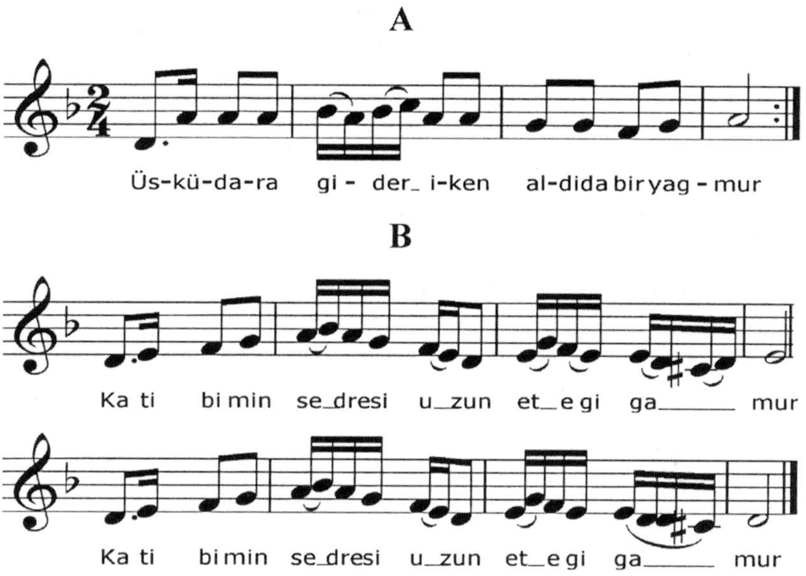

NB 1. Das Lied »Üsküdara gider iken« in der türkischen Version. (Vgl. Palikruschewa 2004: 33)

dert den Sprung in die USA und das amerikanische Showgeschäft geschafft (Klebe 2004: 85 f).

Interessant ist, dass schon aus dem Jahr 1902 eine Walzenaufnahme des Liedes existiert. Diese wurde von Felix von Luschan, einem Ethnologen, Archäologen und Arzt, aufgenommen. Ort der Aufnahmen war Aintab, zum osmanischen Regierungsbezirk Haleb gehörig, und heute das Gebiet Gaziantep in der Südost-Türkei. Die Aufnahme befindet sich nun im Berliner Phonogramm-Archiv (Vgl. Klebe 2004: 87).

Die Aufnahmen beinhalten 20 Lieder in türkischer Sprache, gesungen von einem zwölfjährigen armenischen Jungen mit dem Namen Avedis. Während Luschan sich in seinen Analysen auf den Text der Lieder konzentriert, verfassen Otto Abraham und Erich Moritz von Hornbostel auch musikalische Analysen (Vgl. Klebe 2004: 89).

Die Übersetzung des Textes durch Luschan wird mit der Hilfe von Hacki Tewfik Beg 1904 im 1200 km entfernten Istanbul ergänzt. Diese Version wird auch als »Stambuler Fassung« bezeichnet. Hier wird die Bekleidung des Kjâtib schon der neuen europäischen Mode angepasst. Diese Übersetzung ist auch für das Verständnis der späteren Versionen von großer Bedeutung:

Als ich nach Sutkari ging, fand ich ein Taschentuch.
Rahat-lokum tat ich hinein ins Tuch
Als ich meinen Kjâtib suchte, fand ich ihn an meiner Brust
Er gehört mir, ich gehöre ihm, was gehts die andern Leut an;
Meines Kjâtib neuer Anzug, wie schön er ihm steht.
Ich will nicht, ich will nicht, solchem Luxus trau ich nicht.
Einen Wagon will ich nehmen,
dich mein Schatz drin 'rumfahren,
Musikanten lass ich spielen, dich mein Schatz zu amüsieren.

Als wir von Suktkari zurückkamen,
da hat uns das Wetter erwischt,
Mein Kjâtib ist ganz verschlafen und verkatert auch

Sein schöner langer Rock ist ganz voll Kot jetzt,
Aber er gehört mir, ich gehöre ihm,
was gehts die andern Leut an;
Meines Kjâtib neuer Hemdkragen, wie schön er ihm steht.
Ich will nicht, ich will nicht,
[usw.] (Klebe 2004: 91)

Dorit Klebe spricht bei dieser Art von Texten vom Einfluss der Gedichtart *türkü*. Sie beschreibt das Lied als »städtische Mischform aus volkstümlicher und höfischer Literatur« (Vgl. Klebe 2004: 92).

Die Verbreitung des Liedes »Üsküdara gider iken«

Die osmanische Herrschaft in den Balkanländern umspannt einen Zeitraum von mehreren Jahrhunderten. Als Beispiel seien Bulgarien, Makedonien und Albanien genannt: Bulgarien stand 1393 bis 1876 unter osmanischer Herrschaft, die Unabhängigkeitserklärung Makedoniens und Albaniens fand erst im Jahr 1913 statt (Vgl. Palikruschewa 2004: 17–20).

Die Filmemacherin Adela Peeva stieß auf ihrer Spurensuche nach den Ursprüngen des Liedes durch die Balkanländer auf Versionen des Liedes, die polarisieren, und in den anderen Ländern oft sogar heftige und aggressive Reaktionen hervorrufen. Die Geschichte hat die einzelnen Länder so sehr von einander getrennt, dass eine verbindende Melodie plötzlich entzweiend wirkt, und Auslöser für Spannungen und Aggressionen wird. So erzählen im zugehörigen Film, der teilweise mit versteckter Kamera gefilmt wurde, verschiedene Personen über das Lied:

Das ist ein bosnisches Lied. Es ist so schön, dass ich keine Worte dafür habe. Das bosnische Lied ist schön, weil es unser ist. Wir alle: Katholiken, Orthodoxe und Muslime haben es geliebt und verteidigt und wir haben es zu dem gemacht, was es sein soll: Die Lötstelle zwischen Orient und Okzident. (Das Lied als Sevdalinka – Version in Bosnien)

In Bosnien existiert neben der *sevdalinka*-Version noch eine weitere, die nun einen religiösen Text mit militantem Charakter trägt. In Mazedonien spricht ein Derwisch des Sufiordens über diese Variante:

> *Das sind Djihad Lieder. Islamisierung. Das sind Kampflieder. Sie werden in Kriegszeiten gesungen. Das Lied hat einen neuen Text bekommen, ich kenn noch einen älteren Text. Also dieses Lied ist unseres. In Bosnien hat man es während des Kriegs missbraucht, in Srebrenica, in Banja Luka hat man es gesungen. Aber weißt du wie? – Man nimmt die Maschinenpistole und geht los und singt diesen anderen, aggressiven Text.*

Diese angesprochene Liedversion löst in einer serbischen Kneipe Unverständnis und heftige Reaktionen aus:

> *Sie haben mein wunderschönes Liebeslied in ein Kriegslied umgewandelt. Wie kann man so was tun?*

In Bulgarien wurde das Lied sogar zu einer Befreiungshymne zur Unabhängigkeit Bulgariens von der türkischen Herrschaft:

> *Natürlich ist das die Hymne von ganz Strandza. Sie riskieren, gesteinigt zu werden, wenn Sie behaupten, dass unsere Hymne einem türkischen Lied gleicht […]*

Sabri Tuluğ Tırpan bearbeitet in seiner Version von »Üsküdara gider iken« die Liedtexte aus der Türkei, Griechenland, Bosnien und Serbien.

Die Liedversionen in Sabri Tuluğ Tırpans Bearbeitung

In der **Türkei** hat sich die Gestalt des Liedes von 1904 bis 2004 sehr verändert. Die Abfolge der beiden Verse wurde vertauscht, was sich auch auf den Inhalt auswirkt: In der ursprünglichen Version ist die Sängerin des Liedes auf dem Weg nach Üsküdar und legt die Süßspeise rahat lokum als Geste der Zuneigung in ein Taschentuch. Danach kann sie ihren Kjâtib in die Arme schließen, und die Beiden machen sich auf den Weg nach Hause. Doch als sie von Üsküdar zurückkommen, werden sie vom Regen überrascht, und der Rock des Kjâtib ist beschmutzt.

Schon 1949 existiert eine Tonaufnahme der türkischen Sängerin Safiye Ayla, in der die ersten beiden Doppelverse der Strophen vertauscht wurden, was die Handlung des Liedes unlogisch erscheinen lässt:

> *[…] es begibt sich die Dame […] in beiden Strophen nach Üsküdar, zuerst beginnt es zu regnen, dann findet sie das Taschentuch* (Klebe 2004: 110).

Die Form des Stückes reduziert sich auf die Teile **A** und **B**, die anderen beiden Teile der Avedis-Version existieren nicht mehr. Dies bedeutet musikalisch eine Lösung von der höfischen Kunstmusik und wirkt sich auch auf die Gestaltung des makam aus (Vgl. Klebe 2004: 110 f).

Interessant ist auch zu beobachten, dass die Versionen der Balkanländer ebenso nur noch aus den Formteilen **A** und **B** bestehen.

In **Griechenland** ist das Lied ebenfalls ein Liebeslied. Im Gegensatz zu der türkischen Variante wird es aus der Sicht des Mannes gesungen. Neben der Version »Echasa maniri me« existiert noch eine zweite »Apo tin Athina o'ston Pirea« (Von Athen nach Pyräus). Auch in Griechenland existiert das Lied ebenfalls als rein instrumentale Version. »Echasa maniri« behandelt den Verlust eines Geldbeutels mit hundert Goldstücken, die von einem schönen Mädchen gefunden werden (Vgl. Palikruschewa 2004: 35).

> *Echasa maniri m' ekato fluoria …*
>
> *Ich habe meinen Geldbeutel mit*
> *hundert Goldstücken verloren.*
> *Sag mir, wer ihn gefunden hat.*
> (Vgl.Palikruschewa 2004: 35)

In **Bosnien** existiert das Lied »Pogledaj me, Anadolko« unter Anderem als sevdalinka-Version eines professionellen Ensembles. In dieser Variante wird das Liebeslied ebenfalls aus der Sicht des Mannes gesungen. Es gibt aber noch eine zweite Variante als religiöses Lied »Zašto j'suza u moje oko« (Warum ich eine Träne im Auge habe).

Palikruschewa notiert den bosnischen Text:

> *Pogledaj me, Anadolko, Muhameda ti!*
> *Ja ću tebi sevdalinke pjesme pjevati.*
>
> *Schau mich an, anatolisches Mädchen, im Namen Mohammeds!*
> *Und ich werde für dich Liebeslieder singen.*
> (Palikruschewa 2004: 40)

In der **serbischen Version** des Liedes wird die schöne und sagenumwobene Zigeunerin Koštana besungen. Der Text ist identisch mit der dritten Strophe der bosnischen Variante (Vgl. Palikruschewa 2004: 50).

> *Belo lice, curo, imaš*
> *Žališ li ih ti?*
> *Aman, da ga žalim*
> *Ne bih ti ga dala da ih ljubiš ti.*
>
> *Ein weißes Gesicht hast du, Mädchen,*
> *ist es dir zu schade?*
> *Aman, wär's mir zu schade,*
> *würde ich dir nicht erlauben, es zu küssen.*

Bevor am 26. 10. 2005 Sabri Tuluğ Tırpans Bearbeitung von »Üsküdara gider iken« in der Sargfabrik (1140 Wien) aufgeführt wurde, wurde das Publikum mit kurzen Sequenzen aus Adela Peevas Film »Wem gehört das Lied?« auf die Problematik eingestimmt. Anschließend daran folgte die Aufführung von »Üsküdara« mit dem Tuluğ Tırpan – Project & guests, geleitet von Sabri Tuluğ Tırpan am Klavier. Die weitere Besetzung[3]: Ivan Ruiz Machado (Bass), Jörg Mikula (Drums) und Christina Kisielewsky (Vocals).

Zur Person Sabri Tuluğ Tırpan

Sabri Tuluğ Tirpan wurde am 28. Dezember 1970 in Istanbul geboren. Nach dem Erhalt eines vollen Stipendiums 1989 studierte er in Ankara Komposition und Klavier bei Martin Berkofsky und Namik Sultanov. 1992 ging er an die Universität für Musik und Darstellende Kunst Wien und das Konservatorium Wien, wo er Kompositionsunterricht bei Ivan Eröd und Kammermusik bei Avedis Kouyoumdjian studierte. In seiner Wiener Studienzeit arbeitete er mit namhaften Künstlern wie Jorge Sánchez-Chiong, Nicolas Simion, Patricia Kopatchinskaja, Tomo Keller, Daniel Pergamentschikov, und Kristiane Kaiser zusammen, die einen großen Einfluss auf ihn ausübten. Seine erste CD Aufnahme erschien 1998 im MMO Label, wo er Mozarts Klavierkonzert No. 21 in C, KV 467 mit dem Vidin Philharmonic Orchstra unter Nayden Todorov einspielte.

Sabri Tuluğ Tırpan ist auch Mitglied der Fernando Paiva Band, die sich auf Brasilianische Musik spezialisiert hat. Das Debutalbum »Santo de Casa« wurde »CD des Monats« des Wiener »Jazz Magazine«.

Seine Kompositionstätigkeit umspannt unter Anderem Musical, Messen (Orchester, Chor, Solisten und Jazz Band) und Filmmusik. In seiner neuesten CD Einspielung verarbeitet er neben der Musik seines Heimatlandes auch die Einflüsse von Komponisten wie Liszt, Antheil, Ligeti, Coltrane, Beirach, Gismonti und Valdez (Vgl. http://www.sabritulugtirpan.com).

3 Die Besetzung war im Konzertprogramm angegeben als »Tuluğ-Tirpan-Project & guests«. Zum Tulug Tirpan Project zählen neben Sabri Tuluğ Tırpan normalerweise Ivan Ruiz Machado (E-Bass), Shayan Fathi (Schlagzeug) und Jatinder Thakur (Tablas)

»Üsküdara gider iken« im Konzert vom 26.10.2005

Im Gespräch mit Sabri Tuluğ Tırpan am 1.4.2006 erzählt dieser über die Anfänge seiner Bearbeitung von »Üsküdara gider iken«:

> *Wie ich dieses Angebot bekommen habe, hab' ich mir verschiedene Besetzungen überlegt: vielleicht ein Streichquartett oder eine andere kleine, vielleicht ein Chor mit Bandbegleitung wo ich dann Stücke – also Variationen von Üsküdara gider iken in verschiedenen Sprachen bearbeiten kann … […] Für die Musiker war das eine richtige Fusion, weil der Bassist kommt ja aus Kuba, der Schlagzeuger aus Linz, glaube ich, ich komm aus der Türkei, und die Sängerin aus Salzburg.*

Sabri Tuluğ Tırpan spricht über die erste der insgesamt vier Variationen wie über ein *Uzun hava*:

> *Uzun hava, das bedeutet eigentlich eine melismatische Gesangtechnik. Meistens einstimmig oder mit einem Orgelpunkt. Weinerlich gesungen,meistens dreiteilig, also eigentlich eine primitive Liedform. Meistens sehr traurig, und erzählt Liebesgeschichten. Das war für mich zum Beispiel das erste Bild der ersten Variation. Natürlich, während ich diese Variation entwickelt habe, habe ich auch Debussy oder jazzige Harmonien und Tensions reingegeben. Diesen volkstümlichen Schmerzklang habe ich ein bisschen rausgeholt, und mit europäischen Mehrstimmigkeitstechniken ein neues Kleid entwickelt: ein harmonisches Kleid für ein melismatisches Lied.*

In der ersten Variation sind nur Klavier und Gesang zu hören. Am Ende dieses Teiles wird auch erstmals das Thema »Üsküdara gider iken« in türkischer Sprache vorgestellt. Die lange gehaltenen, gesummten Töne der Sängerin werden vom Klavier mit Arpeggien untermalt. Erst bei der Vorstellung des Themas, das auch die erste Textpassage darstellt, kristallisiert sich ein harmonisches Schema heraus. Der Puls der schnellen Arpeggien gibt diesem sehr frei gehaltenen Teil Struktur.

Hier ein Beispiel[4] für diese Figuren.

NB 2: Konzertmitschnitt vom 26.10.2005.

Die zweite Variation wird durch das Einsetzen von Bass und Schlagzeug gekennzeichnet. Dieser Abschnitt steht im 5/4-Takt, nach dem freien Anfangsteil gibt es nun ein fest definiertes Bassmodell, welches wiederholt wird:

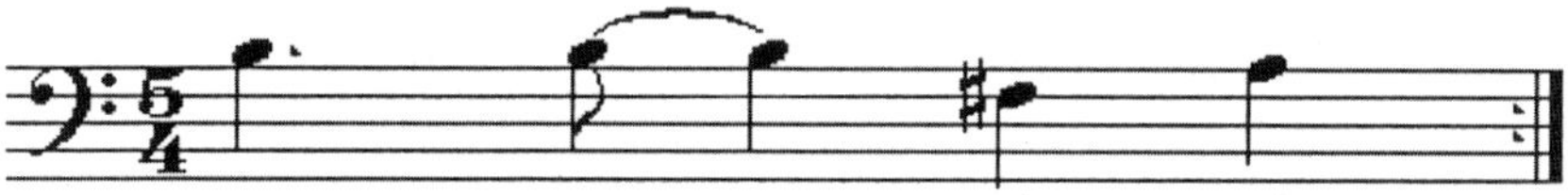

NB 3: Basslinie

Sabri Tuluğ Tırpan beschreibt die zweite Variation:

> *Die zweite, also die 5/4-Variation, ist eigentlich eine richtige Hommage an den Balkan, weil diese Art von fünf Viertel findet man in Serbien, in Bosnien, ... und allein dieses 5/4-Pattern ist bestimmend in dieser Variation. Und die Harmonien sind dann pure Jazz Harmonien nach meinem Geschmack.*

Der griechische Text »Echasa marini« erklingt als Erster der weiteren Versionen des Liedes. Das Thema wird hier dem 5/4-Takt rhythmisch angepasst, und auch weiter ausgeschmückt.

4 Die folgenden Transkriptionen der Live-Aufnahme wurden von Martha Maria Hammerer notiert

Bevor Teil B des griechischen Textes ein zweites Mal erklingt, wird noch ein kurzes Bass Solo gespielt. Danach wird der griechische Teil abgeschlossen. Ein großes, freies Klaviersolo leitet zum nächsten Teil über.

> *Das dritte Stück mit dem Klaviersoloübergang ist eine richtige Hommage an John Coltrane. Also das ist offen, das ist ein bisschen heroisch. Und da habe ich ein bisschen die bosnische Version als Modell genommen*[5]*. Die bosnische Version unterscheidet sich von allen anderen Versionen, weil alle anderen Versionen einen sängerischen und traurigen Charakter haben, aber die bosnische Version ist ein Heldenlied! Die singen das auch religiös und so kriegerisch. Ich wollte natürlich keinen Marsch komponieren […], so hab ich mir einen tapferen Jazz Stil ausgesucht, und in dem Fall ist es ein bisschen John Coltrane. »My favorite Things« habe ich als Referenz genommen und in dem Stil harmonisiert und arrangiert.*

In Variation Nummer drei sind alle Musiker wieder beteiligt. Es erklingt der bosnische Liedtext, danach ein Klaviersolo und ein Schlagzeugsolo. Nach den Soli schließt die serbische Textversion diesen Teil ab.

Der letzte Abschnitt behandelt nicht mehr den Liedtext des Originals. Vielmehr stellt der Text, verfasst von Christina Kisielewsky, eine Reflexion der Ausführenden über die Geschichte und Verbreitung des Liedes dar. Die Begleitung im *Funk*stil und der Sprechgesang der Sängerin ermöglichen einen Kontrast zu den vorherigen Abschnitten der Aufführung. Anstatt der Sängerin spielt nun der Pianist das Thema »Üsküdara gider iken« in d-moll. Dieser Teil ist durch die Unterteilung in Strophe und Refrain klar gegliedert. Sabri Tuluğ Tırpan erzählt über diese letzte Variation:

> *Also die letzte Version ist für mich vielleicht eher ein Versuch,*

5 Sabri Tuluğ Tırpan bezieht sich hier auf die religiöse bosnische Variante des Liedes, nicht auf die *sevdalinka* – Version.

durch neue Popularmusikformen einen Kontakt mit Publikum zu finden. Weil nur Melodie und verschiedene Texte, also auch bosnisch, griechisch […] – das ist natürlich schön und nett, aber keiner versteht etwas, ja. […] Aber dann habe ich mir als letztes Lied gedacht, ein Ade, so eine Zusammensetzung. Also das ist, was wir machen wollen. Das ist unsere Geschichte. Und das, was mir bedeutet: »Ein Lied für Alle« und »Alle für ein Lied«. […] Und wenn man natürlich so eine Hip-Hop-Form verwendet, dann ergibt sich diese Art von Stil oder Variation automatisch …

Der Liedtext dieses letzten Teiles lautet folgendermaßen:

A *Das ist ein Lied für alle*
Für alle Völker
dieser Welt Es hält
sich so lange in den Herzen
All jener Menschen die es kennen
Wie viele es sind, das ist schwer zu benennen

A *Vor Jahrhunderten entstanden*
Ist es heute als Zahl
Vieler Volkskulturen verehrt
Es ist noch ungeklärt
Von wo es seine Reise durch die Zeit begann

Doch es lebt in den Traditionen
Vieler Nationen

Ref. *Dieses Lied ist für alle – Alle für ein Lied* (4 ×)

B *Es überdauerte Epochen*
Könige und Kriege
Dabei berichtet es von Helden,
schönen Mädchen und der Liebe
Es hat Hunger Hass Verzweiflung und Armut gesehn

Doch es konnte ungehindert unvermindert
Seinen Weg weitergehn

B *Bis jetzt erzählt es die Geschichte*
Vieler Generationen und vieler Schichten
Kann jede Sprache verstehn
Und spricht für jedermann klar
Denn diese kleine Melodie ist für alle da

Ref. *Dieses Lied ist für alle – alle für ein Lied/für alle Menschen*

Daraus ergibt sich folgender Ablauf des Stückes:
CD
Uzun hava
Pi + Voc
Pi + Voc Text Üsküdara. (**Türkei**)
Balkan-Hommage 5/4
Pi + Voc + B + Perc.
Echasa marini (**Griechenland**)
B solo
Echasa marini, Teil 2
Überleitung Pi + Voc
Pi solo

John Coltrane-Hommage 6/8
Pogledaj me (**Bosnien**)
Pi solo
Schlagzeugsolo
Bielo lice curo imaš (**Serbien**)

Funk. **Neuer Deutscher Text,** Sprechgesang. Liedmelodie Pi.

Conclusio

Das Lied »Üsküdara gider iken« hat sich mit der osmanischen Herrschaft im Laufe der Zeit über die Balkanländer verbreitet. Sabri Tuluğ

Tırpans Bearbeitung für Klavier, Gesang, Schlagzeug und Bass behandelt die Gemeinsamkeiten und auch die entzweienden Eigenschaften dieses Liedes. Das Thema erklingt in vier Sprachen, die Bearbeitung besteht aus vier Abschnitten, wobei der letzte Abschnitt als Verbindung der drei vorhergehenden fungiert. Improvisation, Tensions, ornamentale Singweise und ungerade Rhythmen schaffen die Brücke zur Musik der Balkanländer oder von der Musik der Balkanländer zum Jazz.

Die Problematik »Wem gehört das Lied?« ist trotz der intensiven Forschung immer noch aktuell, und kann auch ein Konzertpublikum fesseln. Dieses Lied besitzt eine große Chance: über alle Traumata der Völker am Balkan hinweg wieder eine Verbindung herzustellen, und die Gemeinsamkeiten bewusst werden zu lassen.

Literatur

Klebe, Dorit: Das Überleben eines osmanisch-türkischen städtischen Liebeslieds seit einer frühen Dokumentation von 1902. Metamorphosen eines makam. In: Marianne Bröcker (Hg.). Das 20. Jahrhundert im Spiegel seiner Lieder. Schriften der Universitätsbibliothek Bamberg, Band 12. Bamberg 2004.

Palikruschewa, Fanya – de Stella: »Ein Lied für alle«. Schriftliche Hausarbeit. Wien 2004.

Internetquellen

http://www.sabritulugtirpan.com , 14. 1. 2006

Tondokumente

Die andere Hymne I. 26. 10. 05 Sargfabrik. EMW 116. Tondokument im IVE.

Interview Sabri Tulug Tirpan, Naschmarkt, 1. 4. 2006. Martha Hammerer.

Filmdokumente

Peeva, Adela. Wem gehört das Lied?. ORB 2003. In: Palikruschewa, Fanya – de Stella. »Ein Lied für alle«. Schriftliche Hausarbeit. Wien 2004.

Helga Pankratz

Is echt a Gaudee!

Satirische, ironische und politische Gesänge der Lesben und Schwulen in Österreich.

Als die Initiative Minderheiten bei mir wegen einer »Lesben- und Schwulen-Hymne« anfragte, fiel mir sofort die Übersetzung ein, die ich 1982 von Tom Robinsons »Sing, if you're glad to be Gay« gemacht hatte. Ich hatte den englischen Originaltext in der deutschen Schwulenzeitung »Du und ich« abgedruckt gefunden und auf der Stelle eine Übertragung ins Österreichische verfasst: »Sing, wauns di g'freit …«. Ich schrieb für das Hymnen-Projekt eine neue Fassung: »Is eh a Gaudee«, mit Inhalten wie Vermarktung von »Lesben-Sex« in Hetero-Pornos, Todesurteile im Iran, vorenthaltene Internet-Informationen für junge Lesben und Schwule mit fadenscheinigen Jugendschutz-Argumenten und rassistisch determinierte Polizeigewalt. (Das Lied ist auf der beiliegenden CD zu hören).

Während der Vorbereitung zur Veranstaltung habe ich mehrfach betont, dass diese meine Hymne nur eines von vielen Liedern aus der Community ist, die als »Hymnen« gelten könnten. Dass es international und auch in Österreich eine große Szene von kreativen singenden und textenden Lesben und Schwulen gibt. Abseits der vielleicht auch Heterosexuellen längst zum Begriff gewordenen offen les-bi-schwulen Weltstars wie Boy George, Melissa Etheridge, Elton John, k. d. lang; und abseits von Musicals wie »Ein Käfig voller Narren«.

Dafür will ich nun den Beweis antreten. Lassen Sie sich von mir in eine musikalische Community hinein führen, deren Lieder mich durch bislang drei Jahrzehnte meines Lebens und Wirkens als Künstlerin und Aktivistin begleitet haben.

Protest der 1970er

Schwule und Lesben sind keine »Nation« – wiewohl es in der Geschichte ihrer politischen Theoriebildung Begriffe wie »Lesbian Nation« und »Queer Nation« zu finden gibt. Aber einen dem »Nationalfeiertag« ebenbürtigen eigenen Feiertag haben sie wohl. Gay Pride Day, auch Christopher Street-Day genannt: Das legendäre Datum, auf das sich die moderne LesBiSchwulen- und Transgenderbewegung beruft und auf das unsere alljährlich weltweit stattfindenden Paraden zurückgehen.

Am 26. Juni 1969 fand der »Stonewall-Aufstand« statt. Ausgehend vom Homo-Lokal »Stonewall Inn« in der Christopher Street in New York, wo Lesben, Schwule, TransvestitInnen und Transgender der Polizei Widerstand leisteten, als diese eine der üblichen brutalen Razzien durchführen wollte. Das Maß war übervoll. Die Gays waren nicht mehr bereit, Polizeischikanen als geduldige Opferlämmer zu ertragen.

Tom Robinson war 19, schwul und lebte in London, als das passierte. Er stand am Anfang seiner Entwicklung als Musiker und Song-Poet. Mit Vorbildern wie Alexis Korner – bezüglich Inhalte – und den Sex Pistols – betreffend rebellische Energie – schrieb und sang er Mitte der 1970er seine Lieder, gründete die Band »Café Society« und entdeckte die schwule Szene und Bewegung Londons.[1]

»Glad To Be Gay« schrieb er für die Londoner Gay Pride Demo 1976. Kurz darauf gründete er, zusammen mit drei heterosexuellen Musikern, die Tom Robinson Band. Deren erste Maxi-Single »Rising Free« (EMI Records 1978) enthielt auch »Glad To Be Gay«. Die Scheibe schaffte es auf Anhieb in die britischen Top 20, doch BBC1 weigerte sich, den darauf befindlichen Schwulensong auszustrahlen. Der Konkurrenzsender »Captial Radio« spielte ihn. Dort schaffte es »Glad To Be Gay« sechs Wochen lang auf Platz Eins. Das Lied erschien in den nächsten Jahren mehrfach auf LPs von Tom Robinson und begleitet ihn bis heute bei seinen Auftritten; mit immer wieder runderneuerten, aktualisierten Lyrics.[2]

1 http://www.tomrobinson.com

2 http://www.bothways.com

Ebenfalls in den 1970ern brachte das US-amerikanische feministische Label Olivia Records eine Reihe hervorragende offen lesbische Liedermacherinnen heraus. Versammelt auf der LP »Lesbian Concentrate« (Olivia Records 1977), verdienen viele ihrer Lieder das Prädikat »Hymne«: **Meg Christian** mit »Ode to a Gym Teacher«: Lobgesang einer Schülerin auf die ermutigende Vorbildwirkung einer gar nicht femininen Turnlehrerin; **The Berkely Women's Music Collective** mit dem sprechenden Titel »Gay and Proud«; oder der Song »Leaping Lesbians« von **Sue Fink**, mit dem stolz geschmetterten Refrain: »Here come the Lesbians!«

Nicht auf »Lesbian Concentrate« zu hören, sondern erst 1979 erstmals als Single, und anschließend auf dem Album »Closet Sale« erschienen, doch unter dem Aspekt »Lesben-Hymne« unbedingt zu erwähnen, ist »Angry Atthis« von **Maxine Feldman**.[3] Sie schrieb diesen Protestsong im Jahr 1969 – Monate vor dem Stonewall-Aufstand –, beim Besuch einer Gay Bar. Das Lied setzt sich poetisch und wütend mit den antihomosexuellen Schikanen durch Gesetz und Polizei auseinander. Der Titel und zugleich Refrain ist ein Wortspiel aus »zornig über diese Zustände« (angry at this) und Atthis, dem Namen einer Geliebten der Sappho. »Angry Atthis« ist bis heute auf Gay-Pride-Paraden zu hören.[4]

Zur gleichen Zeit, als in Großbritannien »Glad to be Gay« entstand, trat in Wien ein Liedermacher namens **Poldo Weinberger** mit schwulenbewegten Liedern auf, die es verdient hätten, mindestens im ganzen deutschsprachigen Raum bekannt zu werden. 1978 oder '79 hörte ich ihn zum ersten Mal. Im Amerlinghaus las Heidi Pataki Gedichte, dazu spielte Poldo Weinberger Lieder. Der Ausdruck seiner Stimme gab einfach alles her, vom zärtlichsten Schmeicheln bis hin zum erschütternden Orkan gerechten Zorns. Er sang Schwulenlieder zu Melodien von ihm selbst, mit Texten von **Roland Kronigl**, alias »Prunella de Queensland«, wie Weinberger ein Aktivist der frühen Österreichischen Homosexuellenbewegung. Das Lied »Muttertag«, beginnend mit den vertrauten Zeilen:

3 http://www.queermusicheritage.com/jan2000s.html
4 Bonnie J. Morris: Eden Built by Eves. A History of Women's Music Festivals 1974–1999. Alyson Publications 1999, S. 89

Konrad, sprach die Frau Mama:
ich geh fort und du bleibst da …

ist ein mit liebevollem Humor gespicktes Lied darüber, wie der Konrad sich in Mutters Abwesenheit aus deren Kleiderkasten und Schminkkommode bedient. »Das schwule Treffen«: Ein herzerfrischender Spottgesang über ein Schwulenbewegungstreffen, und was die Schwestern[5] dort alles diskutieren, beschließen, anlaysieren und gesellschaftlich bewegen werden, … »oder auch nicht«.

»Unser Kino«: Ein frecher und von genauer politischer Analyse zeugender Song über Kommerzfilme, in denen heterosexuelle Männlichkeit triumphiert, mit Frauen als Aufputz und Tunten zum Auslachen. »Das Motto«: Eine perfekt gereimte, so realistische wie witzige Abhandlung darüber, was wäre wenn die UNO beschlösse, die Menschenrechte der Schwulen als weltweites Motto für das nächste Jahr auf die Agendaliste zu setzen. »Siegfried Blücher«: Eine Moritat über den auf dem Land lebenden Buchhändler Blücher,

der war ein Sonderling,
der selten in die Gastwirtschaft
und nie zum Kegeln ging.

Blücher wird in Folge des Bekanntwerdens seiner Homosexualität zuerst wirtschaftlich ruiniert. Dann zündet ihm der männliche Mob aus dem Dorfwirtshaus das Haus an und wartet vor der Tür, dass der Schwule herauskomme. Doch:

Der Blücher, der Blücher,
der war ein Sonderling,
der floh nicht durch die Hintertür,
als sein Häuschen Feuer fing.

5 »Schwester« als Selbstbezeichnung schwuler Männer benutze ich hier und auf den folgenden Seiten ohne Anführungszeichen.

Weinberger hat nicht nur Texte anderer vertont, sondern auch eigene schwule Lyrics verfasst: Gefühlvolle Liebeslieder, bei denen die Stimme samtig wurde: »Du … ich möchte dir ein Liedchen schreiben«. »Unsere Geschichte«. »Ich hab dir weh getan«. »Bist du der …«. »So viele Fragen«, sind einige der Titel.

Heute ist die Stimme nicht mehr so geschmeidig. Poldo Weinberger lebt als Frühpensionist in bescheidenen Verhältnissen, hat in den letzten 15 Jahren fast keine Auftritte gehabt und wenig neues geschrieben. Auf meine Frage, ob das denn bedeute, dass er mit der Musik aufgehört habe, schüttelt er bedächtig den Kopf: »Ich muss mich nur erst umgewöhnen«, lächelt er verschmitzt: »Meine helle Jugendstimme ist weg. Ich muss meinen Gesang mehr so anlegen wie die zutiefst verehrte Marianne Faithfull.«

Politische Bewegung mit Kultur

Das nächste musikalische Highlight in meinem lesben- und schwulenbewegten Leben war der erste Wien-Auftritt der deutschen Liedermacherin **Carolina Brauckmann.**[6] Am 18. 4. 1982 war sie bei uns im HOSI-Zentrum Gast der HOSI-Lesbengruppe. Etwas später erlebte ich einen ersten Wienauftritt der spektakulären Musik-Kabarett-Gruppe **Les Reines Prochaines** aus der Schweiz. Erst kürzlich wurden diese in einem Band-Portrait sehr trefflich als »die Königinnen des Dadafeminismus« bezeichnet.[7]

Sowohl Brauckmann als auch die Reines sind bis heute immer wieder in Wien zu hören: zumeist »women only«, vor exklusiv weiblichem Publikum, in expliziten Frauenräumen; im Rahmen von feministischen Großveranstaltungen in der lesbisch-feministischen Community[8].

Mit dem 8. März haben lesbische Feministinnen einen eigenen

6 http://www.carolinabrauckmann.de
7 Lea Susemichl: Die Rosinen im großen Flirren. In: an.schläge 2/2006, S. 36–37
8 Vgl. Helga Pankratz: Das Lesbische Dorf. In: Elisabeth Hirth, Ali Gronner (Hg.): Dieses Wien. Ein Führer durch Klischee und Wirklichkeit. Junius Verlag, Wien 1986. S. 74–75
Vgl. auch: Verena Fabris, Gabi Horak, Beate Soltesz (Hg.): Wien lesbisch. Die Stadtverführerin. Milena, Wien 2001

Feiertag, zusätzlich zum Gay Pride Day. Der Internationale Frauentag geht ebenfalls auf Widerstand und Protest zurück: auf einen Streik von Fabrikarbeiterinnen Anfang des 20. Jahrhunderts. Ein Tag, wie wir sehen werden, an dem die lesbischen Gesangsformationen Hochsaison haben.

Doch vorerst zurück zu den Schwulen und zum homosexuellen Juni-Feiertag. Am 26. 6. 1982 lernte ich die **HOSIsters** kennen und lieben. Die Crew der singlustigen Schwestern aus der jungen HOSI Wien führte im Amerlinghaus ihre allererste Produktion auf: eine parodistische »Fledermaus«-Kurzfassung. Hier und in den darauf folgenden HOSIsters-Bearbeitungen von Opern, Operetten und Musicals stand die Freude an der Maskerade sichtlich im Vordergrund. Pompöse Kostümierung der (biologisch natürlich männlichen) Primadonnen, im Falsett geträllerte Arien, turbulent komödiantisch neu aufgemischte Inhalte aus der »Fledermaus« (1983) oder »Csárdásfürstin« (1985) trieben dem Publikum vor Lachen die Tränen in die Augen.

Jährlich haben die HOSIsters seit 1982 mindestens eine neue Produktion hervorgebracht. Bald wurde aus dem Männer-Travestie-Musiktheater ein Ensemble, in dem Frauen nicht mehr fehlen durften. Ein Geheimrezept der Rollenbesetzung ist, nicht nur »gegen das Geschlecht« zu besetzen – d. h. Frauen spielen Männer, Männer spielen Frauen –, sondern obendrein: »gegen den Typ«[9]: Statt graziler Ballerinen werfen stämmige Mannsbilder die Beine hoch, dafür ist die Partie des Helden oder Bösewichts vorzugsweise mit einer zierlichen Person besetzt.

Seit vielen Jahren schreiben die HOSIsters jedes Jahr ein ganz neues Genrestück, inspiriert von Themen aus Film und Literatur[10]: Unter vielen anderen etwa: »Liebe auf den ersten Biss« – ein ganz besonderer Tanz der Vampire (1987), »Traumboot« (1988), »The HOSIsters Horror Show« (1989), »Rosa Rössl am Schwanensee« (1990), »Star Dreck XVII. Die Abenteuer des Raumschiffs Lambda Kenterprise« (1993), »Der Edelweiß-Clan – Hosisters go Hollywood« (1995), »HOSIsters auf dem Olymp«, ein »Hysterienspiel in vier Akten« (1997), bis hin zu

9 Peter Stepanek: Wie wird man eine HOSIster? In: 20 Jahre HOSIsters. Eine Festschrift. Edition Regenbogen 2002 S. 46–47

 10 Martin Weber: HOSIsters-Stücke: ein Rezept. Ebd. S. 18–19

Abb 1: Die Hosilungen 2006. V. l. n. r Brünhilde (Willi Fotter), Fafner (Doris Bernsteiner), Kriemhild (René Wagner), Dankwart (Benjamin Malfatti). Foto: Fotostudio.at

ihrer ganz spezifischen Auffassung von Madame Butterfly (2005) und Nibelungensage: »Das Hosilungen-Lied« (2006).[11] Ich teile seit jeher die Auffassung von Dieter Schmutzer, dass die HOSIsters »*echtes Volkstheater* (sind): *unangepasst, kritisch, komisch, derb, musikalisch und selbstironisch*«.[12]

Dem im Lauf der Jahre in jedem Sinn groß gewordenen Ensemble gehören politisch höchst aktive Mitglieder des Vereins an, die hier ihre künstlerische und humoristische Seite entfalten. Für den Verein sind die HOSIsters wichtige »Devisenbringerinnen«: Die jährlichen Produktionen mit jeweils bis zu 9 ausverkauften Vorstellungen im Vereinslokal – ohne Gage für die Mitwirkenden – bringen Spenden herein, die der politischen Arbeit der HOSI zugute kommen. Dass HOSIsters – weit über die engeren Grenzen der Homosexuellenszene hinaus – eine Fangemeinde haben, die ansonsten nie die Räume des HOSI-Zentrum aufsuchen würde, trug ihnen zu Recht den Beinamen »singende BotschafterInnen der HOSI Wien« ein.[13]

Unter ihren Liedern gibt es etliche, die das Zeug zur Vereinshymne haben. Etwa: »In the HOSI« zur Melodie von »In the Navy« von den Village People; wo das Publikum mit verführerischem Drive aufgefordert wird:

We want YOU!
In the HOSI!

– zu hören immer wieder auf Regenbogenparaden oder bei Showeinlagen zu Vereinsjubiläen.

Den **Chor der Rosaroten Panther** aus Graz erlebte ich live am 26. Juni 1999, im Rahmen der Wiener Bezirksfestwochen Mariahilf. Ich hatte das Vergnügen, als Conferenciere durch den Abend zu führen, an dem sich das Grazer Schwulen-Sextett mit dem schwul-lesbischen Chor **Plüsch Wien** auf der Bühne des Andino abwechselte. Es sollte

11 Der Prolog dazu ist nachzulesen in: Lambda Nachrichten 2/2006, S. 29
12 Dieter Schmutzer: 20 Jahre HOSIsters – Eine Erfolgsgeschichte. In: 20 Jahre HOSIsters (s. o.) S. 2–4
13 Helga Pankratz: Grußwort. Ebd. S. 1

Abb. 2: Der Pantherchor beim Festival Various Voices, München 1997. Foto: Archiv Pantherchor

der vorletzte Auftritt des Pantherchors werden. Mir wäre viel entgangen, hätt' ich damals nicht ihre unvergesslichen Songs mit eigenen Texten gehört. Einer davon ist eindeutig eine »Hymne«: Das »Lied der Rosaroten Panther« ist gleichzeitig ein programmatisches Vereinslied der steirischen Lesben- und Schwulenorganisation RosaLila PantherInnen.[14] Lustvoll beschwingt reimen sie da über die Wehrhaftigkeit der Homosexuellen gegen gesellschaftliche Benachteiligung:

Wir sind die Panther,
die rosa Panther,
wir haben Krallen …

und scheuen nicht davor zurück, »Lesben« auf »stechen wie die Wespen« zu reimen.

Mit der gleichen Frische und Freude trugen sie ihr Lied von der »Tunt' mit dem Hund« vor, das in seiner schlichten Witzigkeit das Zeug zum Gassenhauer hat.

Die Rosaroten Panther gab es von 1993 bis 1999. Sie sangen 1993 bei der Eröffnung des Österreichischen Lesben- und Schwulenforum (ÖLSF) im ÖGB-Haus Graz, 1995 beim ÖLSF im Wiener WUK, hatten 1995, 1996 und 1998 Panther-Chor-Konzerte im Kulturstock des Grazer Robert-Stolz-Museum, Auftritte bei der Eröffnung des Grazer Lesben- und Schwulenzentrums »feel free« 1996, beim internationalen Schwul-Lesbischen Chorfestival »Various Voices« in München 1997, sowie im Rahmen des Schlingensief-Projekts im steirischen: herbst 1998 im Schauspielhaus Graz. Die letzten beiden Auftritte waren der schon erwähnte in Wien, sowie im Juli '99 beim Grillfest der RosaLila PantherInnen in Graz.

Den Wiener Lesbenchor **Sappho Singers Unlimited** gab es von 1994 bis 2000. Gehört habe ich ihn am 16. Mai 1998, bei einem großen Lesbenfest im Schutzhaus zur Zukunft auf der Wiener Schmelz, mit Auftritten der Sappho Singers und des Innsbrucker Lesbenchors. Die Sappho Singers bestanden – mit kleinen Wechseln – aus 12 bis

 14 http://www.rlp.homo.at/

15 Frauen; die meisten aus Projekten der Frauen- und Lesben-Bewegung Wiens. Geleitet von Regina Himmelbauer, einer diplomierten Musikpädagogin und -wissenschaftlerin, die ihre Diplomarbeit über weibliche Trobadors geschrieben hatte.[15] Eingebunden in ein Netzwerk musikschaffender Frauen und feministischer Musikforschung, sangen sie anspruchsvolle Musik von Frauen aus vielen Epochen und Kulturen. Kompositionen wie den »March of the Women« (1911) der britischen Komponistin Ethel Smythe (1858–1944) ebenso wie eigens für die Sappho Singers geschriebene Chorstücke der zeitgenössischen Komponistinnen Leslie Wildman (USA) und Irina Dubkowa aus Russland. Das Repertoire umfasste weiters Madrigale aus der Zeit um 1600, Lieder aus der frühen US-Frauenbewegung, Spirituals, Musik mit Texten von Theresa von Avila sowie einige von Chormitgliedern umgetextete populäre Lieder des 19. Jahrhunderts. »Das Tratschen« ist da etwa »der Lesben Lust«- anstatt »das Wandern« jene »des Müllers«.

Zur Melodie des Andrews Sisters-Hits »Drinking Rum & Coca Cola« – die uns noch mehrfach mit lesbischen Texten versehen begegnen wird –, erklang die schmissige Eigen-Hymne des Chors: »The Sappho Singers Unlimited Song«. Darin wird das Publikum ironisierend informiert, welch kluge, schöne, musikalische Lesben hier auf der Bühne stehen und dass der Chor fast alles im Repertoire hat, außer:

auf O-per-et-te Euch nicht freut',
denn Dag-mar Kol-ler fehlt uns heut!

Viele Auftritte gab es zu Frauen-Anlässen und an Frauenorten: Im Jahr 1995 zum 8. März im FZ[16] Wien, im Mai im Lokal der feministischen Zeitschrift AUF und im Juni im Rahmen der lesbischen Gay-Pride-Aktion »Sapphos Tra(u)m«, wo eine angemietete, mit Lesbentransparenten geschmückte Tramway durch Wien fuhr. 1996

15 Himmelbauer, Regina: »Ich kann nicht umhin, meine Meinung zu sagen …« – Geschichte und Geschichten der Trobairitz. Diplomarbeit am Institut für Musikgeschichte an der Hochschule für Musik und darstellende Kunst in Wien, 1992.

16 »FZ« ist die gängige Abkürzung für Frauenzentrum. AFLZ, steht für Autonomes Frauen/Lesben-Zentrum.

gab es ein erstes großes öffentliches Konzert im »Haus der Musik« in der Liechtensteinstrasse, sowie Auftritte anlässlich der Segnung des Frauenpaares Jutta und Irene in der Evangelischen Kirche im 11. Bezirk und zum 15-Jahr-Jubiläum der Frauenberatung. 1997 beim Frauenprojekt Kassandra in Mödling, beim Internationalen Frauenarchive-Treffen in Wien, beim Fest der feministischen Zeitschrift an.schläge und auf der Festbühne der Regenbogenparade. 1998 gab es den eingangs erwähnten Auftritt im »Schutzhaus zur Zukunft«. 1999 ein großes Konzert in der Ruprechtskirche und 2000 am Wienfluss beim Stadtpark.[17]

Beim gemeinsamen Konzert mit den Sappho Singers auf der Schmelz im Mai 1998 haben singende Innsbruckerinnen das lesbische Publikum Wiens im Sturm erobert: Ihr Chor namens **Die Lore laiert**, existierte in dieser Form und mit diesem Namen von 1994 bis 2000. Bis zu 25 Frauen gehörten ihm an. Freche umgetextete bzw. witzig interpretierte Volkslieder und Popsongs waren ihre Spezialität. Als »Hymne« darf davon mindestens der dada-lateinische, feierlich mehrstimmig dargebrachte Choral namens »Audi Tribadia« gelten: Zu einer adaptierten Melodie von den »Prinzen«, textlich ein Gemeinschaftsprodukt des Chors, beginnt der Text:

»Audi Tribadia, Tribadia, Tribadia«, listet Hygieneartikel wie »Camelia, Tampax« etc. auf, grüßt: »Servus, FZ, Bella Donna, Rosa Lila Villa«, kündet von: »Patriarchus exitus«, lobpreist: »Viva vita lesbiensis, Cunni cunni lingus clitoris, Vagina Dentata« und schließt mit den ermutigenden Worten: »Amor non est complicatum«[18]

»Rum & Coca Cola« heißt in der Version der Innsbruckerinnen übrigens:

17 Medienberichte über die Auftritte gibt es leider kaum. Ein Foto vom Transparent der Sappho Singers auf der 8.-März-Demo 1998 findet sich in Lambda Nachrichten 2/1998, S. 34

18 Zu hören auf der CD: »beautiful and strong«. musik aus dem AutonomenFrauenLesbenZentrum, zusammengestellt 2003 von manuela schweigkofler, jenny auer und birgit raitmayr. AFLZ-08-12-03 (Innsbruck)

Abb 3: Die Sappho Singers bei ihrem ersten großen öffentlichen Auftritt, 1996 im »Haus der Musik«. Foto: Archiv Sappho Singers

… Bier & Coca Cola
Working for the Alpendollar.

Um Kohle – nämlich um die viel zu spärlichen Subventionen für das Frauenzentrum – geht es auch in dem wunderschönen Lied »Ein bisschen Kohle«, frei nach dem Song-Contest-Liedchen »ein bisschen Frieden«.[19]

Die Lore laiert, mit ungezählten Auftritten in der Innsbrucker Szene, je einem Gastauftritt im Frauenzentrum Salzburg und Wien und dem erwähnten Wien-Gastspiel, war nicht der erste Lesbenchor Innsbrucks, und sicher nicht der letzte. 1991 bis 1994 existierte ein lustiger FZ-Chor namens **Roanmahnchor**, der u. a. das Volkslied »Der Weg zu mein' Dirndl« durch die lesbische Mangel drehte:

Der Weg zu oana Leschbn isch stoanig, isch stoanig,
drum bleib i am liabschtn aloanig, aloanig – im FZ

heißt es da. Und zum Happy End

kummt 's Diandl oba vo da Hi-ittn
Sie loßt si nit länger mehr bi-itn

und geht – richtig geraten! – »ins FZ«.

Die Musik-, Gesangs- und Kabarett-Kultur der Frauen im und um das Frauenzentrum Innsbruck ist so produktiv, lebendig und vielgestaltig, dass unabhängig davon, ob gerade ein Chor existiert, permanent gute Lieder entstehen und gesungen werden. So auch das hit- und hymnenverdächtige Lied »Jö schau«, das im Wen Do Camp des Jahres 1996 entstanden ist. Zur bekannten Melodie von Danzers Lied über den »Nockadn im Hawelka«, heißt es in der von »Musik-Christine« stammenden Textversion:

Wos mocht a Hetera in der Lesbenbar?[20]

19 auf der CD: »beautiful and strong« (s. o.)
20 auf der CD: »beautiful and strong« (s. o.)

Besungen wird der überraschende Besuch der damaligen Innsbrucker Kulturstadträtin und späteren Bürgermeisterin Hilde Zach in der FZ-Bar.

Der Innsbrucker Frauenszene gehört mit Christine Abdel Halim eine Arrangeurin, Texterin und Multi-Instrumentalistin an, die weithin unter dem Namen »Musik-Christine« bekannt ist. Sie und eine der beiden Herausgeberinnen der umfangreichen Liedertexte-Sammlung aus dem AFLZ[21], Gela Hule, zeichnen für viele der ungezählten Hits aus Innsbruck verantwortlich.

Gegenwärtig gibt es die Formation **fem.art.chor**, die u. a. Gedichte der Innsbrucker Autorin Barbara Hundegger aus deren Stück »kein schluss bleibt auf der andern« rezitiert.[22]

Eine kabarettistisch musikalische Formation von Feministinnen mit kräftiger Statur namens **Fetthennen** trat nach mehreren ausverkauften Auftritten u. a. im April 2006 im Kulturlabor Stromboli in Hall in Tirol auf. Eines ihrer Mitglieder: »Musik-Christine«. Eines ihrer Lieder: »Figurella läßt mich nicht verkommen«, frei nach dem »Nowak« von Hugo Wiener & Cissy Kraner.

Witzig in die neuen Zeiten

Anfang der 1990er Jahre hatte Annette Schneider – damals Schauspielschülerin – die Gruppe **Theater von/für Frauen** gegründet. Mit Christine Sixt und Hanna Hacker führte sie im Jänner 1992 im HOSI-Zentrum eine Produktion mit dem Titel »Suspekt« auf.[23] Sie wurden für einen Auftritt zum 15jährigen Bestandsjubiläums des Frauencafé im Dezember 1992 engagiert, der zur Geburtsstunde der Gruppe **Labellas** wurde. Annette und Christine gewannen für diesen Auftritt Birgit Liedtke als Mitwirkende. Birgit hatte seit den

21 Die Texte aller oben erwähnten Lieder aus Innsbruck sind nachzulesen in: Did you ever lesbl to Astral. Frauenlieder aus dem FrauenLesbenZentrum Innsbruck. Gesammelt von Gela und Itta. O. J. (1999). Loseblattsammlung

22 Barbara Hundegger: kein schluss bleibt auf der andern. nutte nonne lesbe – drei mal raten zählen bis drei. Skarabäus Verlag Innsbruck–Bozen–Wien 2004 Ein Gedicht daraus, auf der CD: »beautiful and strong« (s. o.)

23 Bericht darüber: Doris Hauberger: »Suspekte Theaterkritik«. In: Lambda Nachrichten 2/1992, S. 67

1980er Jahren zahlreiche Feste in der Wiener Frauenszene als Texterin, Musik-Arrangeurin und Sängerin mit Gitarrebegleitung bereichert. Ende der 1980er fiel sie mir im Frauenzentrum erstmals als die musikalische Leitfigur des **Chor der Uni-Lesbengruppe** auf.

Annette, Christine und Birgit traten als **Die Labellas** im Dezember 1992 im Frauencafé mit der abendfüllenden Geburtstags-Revue »As Time Goes By« auf. Das Publikum bejubelte eigens für den Anlass getextete Lieder wie das »Dienstag-Lied«, Sketche und tänzerische Performances. Unvergesslich ist die umwerfend komische Konditionsleistung von Christine Sixt als »Natascha« zu dem rührseligen Schlagerlied »Schwarze Balalaika«.

Christine stieg aus und die verbleibenden zwei Labellas holten, nachdem sie im Feber 1994 einen kabarettistischen Auftritt von uns in der HOSI gesehen hatten, Doris Hauberger und mich ins Team. Es folgten drei Programme in der ab da typischen Labellas-Besetzung: Drei Sängerinnen (Sopran, Alt und tiefer Alt) plus Conferenciere, im Stil musikalisch-kabarettistischer Revuen. Jedes Lied hatte seine eigene Kostümierung, Inszenierung und Choreographie, dreistimmig Gesungenes wechselte mit Solo-Liedern und Duetten ab.

Die Programme hießen:»Labellas in Concert – Dein ist mein ganzer Schmerz« (1995)[24] im HOSI-Zentrum, »Labellas 99 – Weinen vor Glück«, in der Sargfabrik und »Die Labellas – Mitten ins Schwarze«,[25] vom 27. bis 29. 6. 2001 im kosmos.frauenraum – mit Barbara Biegl statt Annette Schneider. Gast-Auftritte gab es 1997 anlässlich des Kongress »Frauen in Technik & Naturwissenschaft« in der Sargfabrik Wien und jeweils anlässlich des Internationalen Frauentags: 1998 im Waldviertler Hoftheater Pürbach und 2001 in Gmünd.

Die Labellas brachten ausschließlich eigene Texte auf die Bühne: Die Sprechtexte von der Conferenciere Pankratz, die Lieder großteils aus der Feder von Birgit Liedtke, einige auch von anderen »Labellis« oder in der Gruppe verfasst. Lieder, die Geschichten erzählen über

24 Bericht darüber: Barbara Fröhlich: »Dein ist mein ganzer Schmerz«. In: Lambda Nachrichten 1/1996, S. 63

25 Bericht darüber: Claudia Saller: »La-Be-La-Zz«. In: Lambda Nachrichten 3/2001, S. 48

Szene, Bewegung, Liebe und Beziehungen. »Immer wieder Sonntags« etwa, kommt bei Cindy&Bert »die Erinnerung«. Bei den Labellas aber

kommt Mutter auf Besuch.
Und ich hör' die alte Leier …

einer über den lesbischen Lebenswandel der Tochter besorgten Mama.

Oder: »Womandocino«. Da wird eine Frau von einer Autostopperin in ein Frauencamp gelotst, wo »alle nur lächeln« und »es gibt keinen Streit« und »der Göttin wird gehuldigt« und »gruppenweise im Wald menstruiert« – Aber: »Tabak und Alkohol sind hier allen ein Graus.« Fazit: »Ich halt's hier nicht mehr lange aus.«

Ein echter Schunkelhit war die Labellas-Version des durch Doris Day bekannt gewordenen »Que sèra sèra, whatever will be will be«:

Hetera-tera,
heute mal bi mal bi.

Doch auch zahlreiche allgemein aktuelle Themen wurden mit kritischem Humor besungen. So ist die Labellas-Version von »Lili Marlen« ein veritables Antikriegslied, aus Anlass der Öffnung des Bundesheers für Frauen entstanden. Lili Marlen ist darin nicht mehr Soldatenbraut, sondern selbst Soldatin und verreckt als solche an modernen Kampfstoffen. Zur Melodie des Italo-Hits »Mama Leone« singen die Labellas über unsägliche Auswüchse der Reproduktionsmedizin:

Mama Maldone!
– Heit mocht' ma' Klone.

Das Friedensliedchen »Ich bin nur ein Mädchen, das heut für euch singt« in der Labellas-Version macht sich über dümmliche Schlagerinhalte lustig.

Fixpunkt in jedem Programm waren auch Doppelconferencen von

Birgit und Helga. Etwa als butchige[26] Kampfhündin und bisexuelles Schoßhündchen, die über ihre Teilnahme an der Regenbogenparade fachsimpeln. – All das hat nie ein Mann live gesehen oder gehört. Bis hinein in Bereiche wie Ton- und Licht-Technik, PR und Dokumentation arbeiteten die Labellas strikt »women only« und für ein exklusiv weibliches Publikum.

1998 machten zwei »Labellis« eine Extratour, die nicht unter dem Label Labellas, sondern unter **Wiener Frauentheater** firmierte und auch für Männer zu sehen war: Das Programm »Die Banalisierungsfalle«[27] wurde im April 1998 im Wiener Schikaneder und im Triebwerk Wiener Neustadt aufgeführt. Alle Texte: Helga Pankratz, Gesang: Annette Schneider, musikalische Leitung und am Klavier: Miss Marilyn (Marilyn Brandl) von den HOSIsters. Die in schwulen Travestieshows der 1980er so beliebte Cissi Kraner-Parodie »Aber der Nowak lasst mich nicht verkommen«, wurde hier zum feministischen Chanson über Sozialpolitik:

> *Diese Frau Nowak*
> *lass' ma jetzt verkommen.*

Die Doppelconference dieses Programms – Renata Hinz-Kunz interviewt Pater Anders Launig in der Sendung »Über Kreuz und Queer« – ist in Lambda Nachrichten nachzulesen.[28]

Als eine »Extratour« zweier langjähriger Mitglieder der HOSIsters hat 1997 die Erfolgsstory des Duos **Gloria & Marlene** begonnen. Gerald Reisner (Gloria) und Martin Weber (Marlene) »schauten sich«, so will es die Gloria&Marlene-Mythobiographie, 1995 in der HOSIsters-Produktion »Der Edelweiß-Clan» als Fritzi und Sugar bei ›I know him so well‹ zum ersten Mal als Bühnenlesbenliebespaar in die Augen. Und da geschah es, der Entschluss, gemeinsam ein eige-

26 »butch« (aus dem Amerikanischen), Bezeichnung für maskulin auftretende Lesbe

27 Bericht darüber: Christian Högl: »Die Banalisierungsfalle«. In: Lambda Nachrichten 2/1998, S. 77

28 Helga Pankratz: »Dental verdammt!« In: Lambda Nachrichten 3/2004, S. 17

Abb. 4: Labellas 1999. V. l. n. r. Annette, Doris, Birgit, Helga. Foto: Archiv Labellas

nes Programm zu bestreiten, entstand.« Von den HOSIsters bestens bekannt sind auch die musikalische Leiterin und Pianobegleiterin des Duos, Miss Marilyn, sowie der Bassist und Sequenzer-Arrangeur Peter Hiller. Darüber hinaus finden auf der Aera-Bühne, die – wenn ich mir diese Anmerkung erlauben darf – die Größe eines extrabreiten Handtuchs nur unwesentlich überschreitet, noch folgende Mitwirkende Platz: zwei TänzerInnen und der aus drei Personen bestehende »Pum's Choir« für die Background-Vocals.

Die Daten und Titel der bisherigen Shows lauten: September 1997 »Reich und schön«, Juni 1998 »Reich und Schön2«, Juni 1999 »Alles bleibt anders«, November: 2000 »Das Beste aus 10 Jahren«, Dezember 2001 »Bis zum Äußersten«, November 2002 »Die Put(t)en von Wien«, November und Dezember 2004 »... und die Taschen voller Geld«. Daneben sind Gloria&Marlene ein gefragter Show-Act bei zahlreichen Veranstaltungen in der Szene.

Das Erfolgskonzept des Duos: »Gloria« und »Marlene«, das sind zwei Diven. DIVEN. Zugleich beste Freundinnen und größte Konkurrentinnen, zuckersüß und hinterfotzig. In allem, was sie auf der Bühne reden, erweisen sie sich als reich gesegnet mit der ganz besonderen Spitzzüngigkeit, die Tunten vor allen übrigen des Sprechens fähigen Lebewesen als etwas Besonderes auszeichnet. Die beiden Diven treten gemeinsam auf, zerstreiten sich und versöhnen sich am Ende der Show wieder.

Sie singen in ausgewogenem Ausmaß Soli und Duette: von Oper bis zu Discohits. Dabei werden manche Nummern im Original gesungen, andere durch den Kontext oder durch geringfügige Änderungen entfremdet, wieder andere mit völlig neuen Texten unterlegt. Gloria singt stimmlich sehr anspruchsvolle Nummern und verkörpert einen Typ zwischen »Vamp« und »sensible Naive«. Marlene ist eher die Chanson-Interpretin und für persiflierte Schmachtfetzen und »schreckliche« Schlager zuständig. Ihr Typ ist zwischen Prolo-Trampel und intellektuelle Spröde angesiedelt. »Gloria und Marlene«, berichtet Martin Weber, »sehen ihren Auftrag darin, sich über sich selbst, das Publikum, über Genderrollen und die Welt lustig zu machen.«

Diesem Auftrag folgend beziehen sie in ihre Shows stets gern die ZuschauerInnen ein. An jedem Abend wählen sie sich ein ganz spe-

Abb. 5: Gloria & Marlene »Die Put(t)en von Wien«. Foto: www.fotostudio.at

zielles »Opfer« aus, bevorzugt unter den politischen Spitzenköpfen der Bewegung, die sonst mit Tanz und Gesang wenig am Hut haben. Dieses muss dann auf die Bühne, um mit einer der Diven ungezwungen zu plaudern, das Tambourin zu schlagen oder ähnliches.

Ein Lied aus den bisherigen Gloria&Marlene-Shows, das eindeutig Hymnencharakter hat, ist Martin Webers Übersetzung von »Don't Cry for me Argentina« in Wiener Dialekt: »Waan ned um mi, Favuritn«[29], von ihm selbst vorgetragen, in elegantem Evita-Outfit.

2004, beim 25-Jahre-Fest der HOSI Wien im Rathaus, sah ich **Chor La Lumpur** zum ersten Mal: Zwei Bass bis Bariton-Simmen, zwei Tenöre und ein Countertenor. Drei von ihnen kamen mir sofort bekannt vor: Die HOSIster Gerald Reisner, auch als »Gloria« ein Begriff. Werner, den ich schon 1999 als Sänger bei **Plüsch Wien** im Andino auf der Bühne gesehen hatte und bald darauf als Mitglied des Schwulenchors **Harmony Men** beim großen Queer Planet-Fest der HOSI-Linz im Oktober 2000. Und schließlich René, der eine Backstreet-Boys-Parodie von fünf Mädlz aus der HOSI-Jungendgruppe choreographiert hatte, mit der sie unter dem Gruppennamen »Just Boys« beim Mädchen-Event »görls cultures« 2002 im Wiener Rathaus hunderte junge Geschlechtsgenossinnen tief beeindruckten.[30] In der HOSIsters-Nibelungen-Produktion 2006 gab René übrigens eine hinreißend schöne lesbische Kriemhild!

Das A-cappella-Quintett Chor La Lumpur singt Melodien u. a. von Manhattan Transfer, den Prinzen und Terence Trent D'Arby. Musikalisch brauchen sie keinen Vergleich mit kommerziell erfolgreichen Vorbildern zu scheuen. Dass Kostümierung und Choreographie nichts zu wünschen übrig lassen, liegt nach den Erwähnungen sonstiger Bühnenbetätigungen einiger Mitwirkender schon auf der Hand. Und ihre Texte? Manche Schlager, wie etwa »Junge Leute brauchen Liebe«, bedürfen keiner Umtextung, um schwul zu werden, wenn sie von Männern gesungen werden, die einander dabei verliebt in die Augen schauen.

29 Text in: Morgenschtean – Die Österreichische Dialektzeitschrift, 9U//2005, S. 13
30 Maya Mensens: Das war Görls Cultures. In: Lambda Nachrichten 1/2003, S. IV

Doch auch selbstgeschriebenes, großteils in Dialekt, überwiegend vom Gruppenmitglied Daniel Kittl, ist stark vertreten: Mit Inhalten, in denen schwule Selbstironie und schwulenbewegte Gesellschaftskritik sich bestens ergänzen.

Der Song »Gegen Dummheit gibt's ka Mittl«, zur Melodie des Beatles Hits »Eleonor Rigby«, erzählt vom 17-jährigen Georg, dessen Eltern negativ auf das Coming Out ihres Sohnes reagieren. So zieht Georg von daheim aus und mit seinem Freund zusammen. Doch das bringt den Freund wegen § 209[31] ins Gefängnis. Weil es, wie es im Refrain heißt: »gegen Dummheit«, die sich in Vorurteilen und Diskriminierungen manifestiert, eben kein Mittel gibt.

Ihre Würdigung für die Ikone aller Travestieshow-Künstler und sonstigen Tunten, Barbra Streisand,

Wann i, wann i,
wann i so wa,
wia d' Streisand Barbara,
jo des passat ma!

zur ABBA-Melodie von »MoneyMoneyMoney«, haben sie am 26. Oktober 2005 auch auf der Bühne der Sargfabrik gesungen und damit ein mehrheitlich heterosexuelles Publikum fasziniert.

Ich war sehr glücklich, dass die Uraufführung meiner »Homo-Hymne« von einer Fusion aus Chor La Lumpur und dem Chor der Slowenischen Studentinnen und Studenten in Wien gesungen wurde. (Abb. siehe Dokumentationsteil)

Last but not least, will ich von einem Wiener »Damenvokalensemble« berichten, über das ich schon gehört habe, ohne bis jetzt einen ihrer Auftritte selbst zu erleben: die **frauen.stimmen**. Fünf der sechs höchst musikalischen und singfreudigen Frauen waren davor bereits bei den Sappho Singers; unter ihnen die Texterin der Sappho-Singers-Hymne, die für frauen.stimmen zur gleichen Melodie einen ganz neuen Text verfasst hat: »Ich bin 17« handelt – be-

31 Das »Schutzalter« 18 Jahre, das in Österreich für sexuelle Kontakte zwischen Männern galt, wurde erst 2002 aufgrund eines Verfassungsgerichtshof-Erkenntnis aufgehoben

schwingt und selbstbewusst – von ersten lesbischen Liebeserfahrungen.

Es ging den frauen.stimmen, wie sie mir im Gruppeninterview erzählt, ursprünglich nur um die Freude am gemeinsamen Singen. An Auftritte dachten sie gar nicht. Seit Herbst 2003 sind sie in der jetzigen Konstellation zusammen und seit 2004 treten sie auf: Mit nach allen Regeln der Showkunst zusammengestellten Programmen. An Frauenorten wie »Brot&Rosen«, Frauenzentrum und »Café Standard«. Auftritte der frauen.stimmen – übrigens bestehend aus zwei Sopran-, zwei Alt- und zwei tiefen Altstimmen – sind dramaturgisch durchkomponierte kabarettistische Inszenierungen, mit Moderationen und anderen gesprochenen Einlagen durchsetzt, wie etwa dem Vorlesen lesbischer Märchen der für ihren feinen feministischen Humor bekannten Schweizer Autorin Ursula Eggli.[32]

Ein besonderes Muster ihrer (Selbst-)Inszenierung ist, dass ein Teil des Programms von einer »Vorgruppe« bestritten wird, bevor als Haupt-Act »Das Konzert der frauen.stimmen« stattfindet. Das liest sich in der Ankündigung des ersten Programms (2004) so:

Konzert der frauen.stimmen: ›Lesben laßt das Klagen‹

Vorgruppe: Familie Obermaier.

Die »Familie Obermaier« ist nichts anderes als das in Trachtenjanker und Dirndln gewandete frauen.stimmen-Ensemble, das mehr oder weniger stark lesbisch verformte Volkslieder darbietet: dabei vor allem die sexistische Trottelhaftigkeit traditioneller Folklore dem Spott preisgebend. In anderem Kleidungs- und Musikstil geht es danach mit lesbisch umgetexteten Schlagern weiter. Ein Auftritt 2005 (im Frauenzentrum) bestand aus der Vorgruppe »Die Freidamen von O.« – mit Liedern aus dem 17. und 18. Jahrhundert, teilweise textlich von den frauen.stimmen überarbeitet. Im Anschluss präsentierten die »frauen.stimmen« Lesben-Liebeslieder. – Alles das: für ein exklusiv weibliches Publikum.

Im Dezember 2005 hatten erstmals auch Männer Zugang zu einem frauen.stimmen-Konzert: Ein »Adventkonzert mit Lesung der etwas

32 Urusla Eggli: Schneewittchen ganz cool. Oder: Frösche stressen. RIURS Eigenverlag 2004
Weitere Infos: http://www.ursulaeggli.ch

anderen Art« mit inhaltlich runderneuerten Weihnachtsliedern, in der Altkatholischen Kirche im 1. Bezirk. Als Vorgruppe traten sie als »The Sugar Sheep.s« auf, in maßgeschneiderten Schafskostümen: fünf weiße und ein rosa Schaf. Die Lesung gestaltete Elisabeth Rosenmayr mit eigenen, für diesen Auftritt verfassten Texten über »die Musik und das Singen, über Sängerinnen, Schafe und die selige Zeit«.

Ich brenne darauf, den nächsten Auftritt der frauen.stimmen zu besuchen. – Und Sie?

Singendes, klingendes lesbisch-schwules Österreich

Mit dieser kleinen, sehr dicht mit Informationen gespickten, dokumentierenden Leistungsschau, hoffe ich, das »singende klingende lesbische und schwule Österreich« einem breiteren interessierten Publikum nahe gebracht zu haben, für das all dies bis dato vielleicht eine »Terra incognita« war. Ich hoffe, damit eindrucksvoll bewiesen zu haben, dass die von mir getextete Homo-Hymne kein »Einzelfall« ist, sondern dass meine Hymne und ich auf dem historischen und sozialen Boden einer – aus politischem Protest und dem Kampf um ihre Menschenwürde heraus entstandenen – lebendigen und höchst kreativen lesben- und schwulenbewegten Sub-Kultur »daheim« sind.

Nada Zerzer

Warum die Kärntner Slowenen immer in Chören singen. Und warum sie manchmal auch Rockmusik machen.

Überlegungen, Analysen, Polemik zu einem (dis)harmonischen Phänomen.[1]

Rož, Podjuna, Zila (Janko Mikula)
Rož, Podjuna, Zila, venec treh dolin,
moja domovina, narod moj trpin.
Ti družica moja, dom moj in moj rod,
ko bom truden boja, bodi mi še grob.
Rož, Podjuna, Zila, nagelj, rožmarin,
v sveti zemlji sniva tvoj slovenski sin.

Rosental, Jauntal, Gailtal, dreier Täler Kranz,
meine Heimat, mein leidendes Volk.
Meine Begleiterin, meine Wiege, mein Zuhause,
sollte ich des Kampfes müde werden, sei mir noch mein Grab.
Rosental, Jauntal, Gailtal, Nelken, Rosmarin,
in dieser heiligen Erde ruht dein slowenischer Sohn.
(Freie Übertragung: Dagmar Kogoj)

Kärntner Slowenen, Musik und Identitätsbildung sind ein weites Forschungsfeld. Musik spielt in vielen Kultur- und Identitätsdefinitionen eine wichtige Rolle, bei den Kärntner Slowenen umso mehr, als die Volksgruppe, respektive ihre Angehörigen, in ihrer *Minderheitenposition* auf die Eigendefinition besonders bedacht ist/sind.

Ein Ausgangspunkt meiner Überlegungen war neben den oben erwähnten Stichworten die Interpretation von *Rož, Podjuna, Zila*, eines weithin bekannten Liedes von Janko Mikula und Pavle Kernjak, durch

1 Für die Hilfe beim Suchen von Materialien und für interessante Gespräche, wertvolle Informationen und Anregungen bedanke ich mich bei Pol Duchscher, Cecilija Kernjak, Milena Kernjak, Karl Nessmann, Marko Stern, Peter Sticker, Nuži Tolmajer und Janko Zerzer

die Kärntner Rockgruppe Bališ, die bei der Veranstaltung *Die andere Hymne* der Initiative Minderheiten am 26. Oktober 2005 die Kärntner Slowenen repräsentierte.

Imperfektionismus ist Programm: ich verfüge über keinerlei akademische musikologische, historische oder politikwissenschaftliche Ausbildung, sondern bin Architektin und Kulturwissenschafterin. Dieser Artikel beruht auf meiner praktischen Erfahrung, ich schreibe aus der Position der analysierenden Teilnehmerin, denn seit meiner Volksschulzeit gehören Chöre oder chorähnlichen Formationen, Volksgruppenfragen sowie Kultur zu schaffen und zu organisieren zu meinem Erfahrungsbereich. Auch *Rož, Podjuna, Zila* und die hier behandelten Fragen kamen dabei öfter vor.

Hymnen und Identität – ein Wechselspiel

Hymnen, so Wikipedia (www.wikipwedia.org), sind Lobgesänge. Mit dem Begriff wurden ursprünglich antike Gesänge zur Verehrung von Helden, Gottheiten oder der Natur, im Mittelalter geistliche Gesänge und später feierliche, begeisternde oder besinnliche Gedichte bezeichnet.

Im 19. Jahrhundert entwickelte sich ein neues Feld zur Anwendung des Begriffes: die Nationalhymnen, passend zu den nationalen Bewußtseinsbildungen und dem Entstehen von Nationalstaaten in Europa. In dem Erkennen der Unterschiede zwischen dem Selbst und dem Anderen und dem Bedürfnis, diese Unterschiede hervorzuheben, zu betonen und zu verstärken, griff man auf zahlreiche Hilfsmittel zurück, die für diese Aufgabe mehr oder weniger gut geeignet waren. Die emotionale Bindung der Mitglieder an ihre Nation forderte und schuf sich Ausdruck mithilfe von Kunst und kultureller Praktiken (Anderson 1996, 142).

Vokale und instrumentale Musik als kulturelle Praxis mit weiter Verbreitung war eines dieser Identifikationswerkzeuge, und wurde eifrig den aktuellen Bedürfnissen angepasst. Musik war und ist regional und kulturell vielfältig und auch heute ist Weltmusik aus allerlei nahen und fernen Ländern eine Reise durch fremde Kulturen. Regional unterschiedliche Sprachen und Melodieformen sind keine Erfindung des Nationalismus, waren zur Hervorhebung der Unterschiede jedoch gut einsetzbar.

Neben Nationalflaggen, Wappen und Feiertagen zählen Hymnen zu den wichtigsten Identifikationsmerkmalen nationaler Gebilde.

Nationalhymnen, und über eine Sonderform davon denken wir hier nach, haben zwei herausragende Aufgaben: Sie sollen einerseits die Großartigkeit der Nation loben und andererseits die Verbundenheit des Individuums mit dem Nationalgebilde bestärken. Sie haben somit wechselseitig affirmativen, wenn nicht gar konstitutiven Charakter.

Tradition erhalten, Traditionen erfinden

Mit Traditionen werden im Allgemeinen – ebenso wie mit Hymnen – Identitäten bestärkt, gemeinsam praktizierte Traditionen geben das Gefühl von Zusammengehörigkeit.

Wer Traditionen aufrechterhält, ist oft bemüht hervorzuheben, wie sehr doch diese Traditionen mit der Gründungsgeschichte der Tradierenden verwoben sind. In dem Bemühen *wahre* Traditionen zu definieren, werden ihre natürlichen oder historischen Wurzeln gesucht. Je älter sie sind, desto besser.

Mit Traditionen wird das kulturelle Selbstverständnis gestaltet, mit ihrer Erhaltung soll das Fortleben der kulturellen Eigenart gesichert werden, und sie bieten Möglichkeiten, sich am kulturellen Leben, am kulturellen Schaffen zu beteiligen. Traditionen binden die Menschen in die Gemeinschaft ein.

Kunst zu schaffen ist mit einer mehr oder weniger großen Spezialisierung verbunden, sei es nun bildende Kunst oder auch Schriftstellerei – neben dem (günstigerweise vorhandenen) Talent ist auch sehr viel Leidenschaft nötig, es fordert der Einzelperson neben dem schöpferischen Einfallsreichtum auch viel körperliche und geistige Kraft ab, denn meist ist einE KünstlerIn EinzelkämpferIn und auf sich selbst angewiesen. Dabei unterscheide ich bewußt nicht zwischen Kunst und Kultur, denn einerseits sind eindeutige Definitionen, *Grenzziehungen*, oft nur schwer möglich. Andererseits gelten diese Phänomene weitgehend für beide Bereiche, so man sie unterscheidet.

Viele Kulturpraktiken bieten jedoch die Möglichkeit, sich nach

Maßgabe von Talent, Kraft, Zeit zu beteiligen und damit aktiv am kulturellen Leben teilzunehmen. Dabei ist es einerseits möglich, mit der Menge zu schwimmen und eher Bekanntes zu wiederholen oder aber kreativ zu sein und Neues zu entwickeln.

Traditionen und ihre Protagonisten versuchen sich oft als allgemeingültig darzustellen, als immerschondagewesene, nichtzuverändernde, alleinseligmachende Wege der Erhaltung der kulturellen Identität. Darin liegt in meinen Augen eine große Gefahr, und auch die Sprengkraft, die gerade *Minderheiten*kulturen bedroht. Denn gerade den jungen Menschen, die ja gefordert sind, die Identität in die nächste Generation zu tragen, ist das Perpetuieren der Traditionen der Altvorderen oft ein Gräuel. Warum sollen sie alles so machen, wie es die vor ihnen getan haben? Weil etwas *immer schon* so war, muss es nicht so bleiben. Weg mit den Traditionen, Neues muss her. Wer mit den Traditionen und deren Wiederholung nichts anzufangen weiß, sieht sich rasch dem Vorwurf ausgesetzt, die Identität aufzugeben (für die die Ahnen gekämpft und gelitten haben).

Bei genauerem Hinsehen, bei genauerem Hinterfragen kann man bei so mancher Tradition feststellen, dass sie so *immerschondagewesen* nicht ist. Auch Traditionen werden erfunden (Hobsbawm 1998, 97). Doch sobald sie erfunden sind, suchen sie sich zu etablieren, und schon sind sie althergebracht. Die Ursprünge einer Tradition in Erinnerung zu rufen kann jedoch durchaus hilfreich sein, mit dem Rütteln an ihr umzugehen.

In einem neuen Buch über die Geschichte der Tamburizza in Kärnten werden die zeitgenössischen Ansichten über die Anfang des 20. Jahrhundert gegründeten Tamburizzagruppen mit den folgenden Worten zitiert: »Hier offenbart sich unsere Seele, eröffnet sich die Welt unserer Väter. Im slowenischen Lied gehen das Leid und die Hoffnung unserer Seele im mächtigen Akkord unserer Treue zu Gott und dem Volk auf« (Zerzer J., in: Lokar Lavrenčič/Gabriel 2005, 13). Nun wurde das erste Tamburizzaensemble in Kärnten 1899 gegründet, der erste Auftritt folgte 1900. Zum Zeitpunkt der zitierten Zeitungskommentare war diese Musikrichtung in Kärnten gerade seit ein paar wenigen Auftritten bekannt. Unter diesem Aspekt scheint das eine recht gewagte und enthusiastische Beschreibung zu sein, doch sie zeigt auf, wie schnell eine Innovation zu einer mit den Wurzeln der Gemeinschaft verbundenen Tradition gemacht werden kann.

Weiters darf nicht übersehen werden, dass in jener Zeit jegliche kulturelle Aktivität der Kärntner Slowenen heftige Aggressionen hervorrief und Deutschtümler versuchten, zwischen guten, weil inaktiven, und bösen, hetzenden Slowenen zu unterscheiden, wobei das *Hetzen* aus dem bloßen Verwenden von Sprachen bestehen konnte. Die Tamburizza hatte in diesem Klima gewiss einen slawischen »unser«-Bonus, denn sie kam zweifellos aus einem Raum, in dem *slawisch* nicht mit *schlecht* gleichgesetzt wurde. Dieser Bonus und die leichte Umsetzbarkeit machten es in kürzester Zeit zur positiv besetzten Tradition. Der in dieser Zeit durchaus verbreitete Panslawismus fand damit in Kärnten eine kulturelle Erscheinungsform.

Kärntner Slowenen und das Singen in Chören

Die traditionellste, am weitesten verbreitete Form der slowenischen Volkskultur ist der Chorgesang, schreibt der Slowenische Kulturverband (Slovenska prosvetna zveza, SPZ) auf seiner Website (http://www.slo.at/spz/musik_de.php). Viele berufen sich auf diese althergebrachte Tradition, die *naturgegeben* zum Slowenischsein in Kärnten gehört. Das will nun nicht heißen, dass anderswo nicht auch (in Chören) gesungen wird. Doch hier – in Kärnten – wird dem Singen ein wichtiger Stellenwert für die Identifikation zugemessen.

Ein Blick in die Geschichte des Chorgesanges bei den Kärntner Slowenen zeigt: das Singen in Chorformation für ein lauschendes Publikum ist vielleicht eine Tradition. Wirklich alt, in Relation zur slowenischen Kulturgeschichte in Kärnten, ist es jedoch nicht. Die ersten Kulturvereine wurden Ende des 19. Jahrhunderts gegründet, das Gründungsjahr des ersten institutionalisierten Chores ist 1893 (Lokar Lavrenčič/Gabriel 2006, 47).

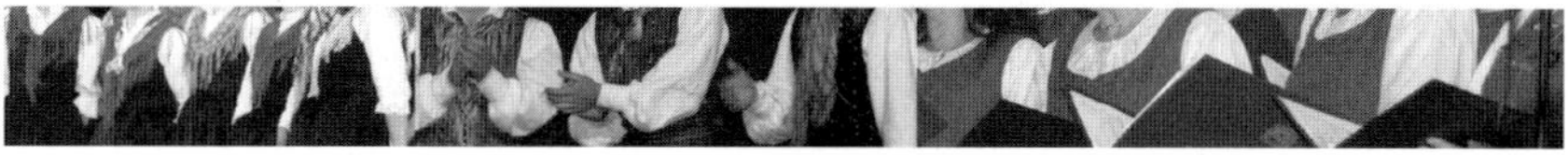

Bevor Entrüstung losbricht: Ich behaupte nicht, dass davor nicht gesungen, oder nicht schön gesungen worden sei, oder dass das Singen im Leben der Menschen keinen wichtigen Stellenwert gehabt habe.

Selbstverständlich wurde auch vor der Gründung von Chören und Vereinen, vor 1893 gesungen, auch in mehrstimmigen Formationen, aber doch ganz anders (Kapun 1997, 18), denn das Leben war ein anderes als wir es heute kennen. Im Dorf, im Wirtshaus, zu Hause oder aber neben der Arbeit wurden Lieder angestimmt, einfach nur um des Singens willen. Wenn jemand zuhörte, war das in Ordnung, wenn niemand zuhörte, auch.

Die Gründung der Vereine und Chöre bedeutet auch nicht, dass die *älteren* Formen des gemeinsamen Singens plötzlich aufhörten zu existieren. Zahlreiche ethnomusikologische Forschungen (vgl. Kapun 1997) der neueren Zeit belegen das *Singen zum Selbstzweck*, wie ich es nennen möchte.

Die Institutionalisierung des Singens bringt vielmehr eine neue Kultur des Singens und Zuhörens, des Singens für ein Publikum, und damit auch eine Zweiteilung der Aufgaben: die einen singen, die anderen schweigen und hören zu. Die einen können ohne die anderen nicht existieren, denn ein auftretender Chor und sein Publikum bedingen sich gegenseitig. Bei einem Konzert als NichtsängerIn – wie im Wirtshaus – einfach weiter zu reden gilt als höchst unhöflich und respektlos.

Gemeinschaftliches Singen, sowohl unorganisiertes wie auch institutionalisiertes Singen in Chören, hat Aspekte, die mir in Zusammenhang mit der Identitätskonstruktion und Identitätserhaltung der Kärntner Slowenen wesentlich erscheinen. Dabei ist es gar nicht so relevant, ob die SängerInnen sich einem Chor aus Lust am Singen anschließen, oder unreflektiert, *weil es zum guten Ton gehört* (Kapun 1997, 25).

Gemeinsames Singen schafft Gemeinschaft. Chorliteratur ist nicht für Sologesang geschaffen, sondern benötigt mehrere Stimmen, sonst fehlen Harmonien, Teile der Melodie, Einsätze und dergleichen. Ein Chorlied *entsteht*, indem es von einer Gruppe gesungen wird. Das gemeinsame Schaffen verleiht wiederum der Gruppe Zusammenhalt, denn der Erhalt der Gruppe sichert auch neuerliches Schaffen. Das

Chorsingen wird zum Instrument der kollektiven Selbstbestärkung, zur Versicherung des eigenen Bestehens.

ChorsängerInnen erleben sich als Teil eines Kollektivs – dazu zu gehören ist ein starkes Motiv, doch das Psychologische daran mögen Fachleute erklären. Gleichzeitig bietet das Chorsingen den SängerInnen die Möglicheit, sich in der Gruppe ein wenig zu verstecken. EinE ChorsängerIn muss nicht EinzelkämpferIn sein, sondern kann die eigene Schwäche mit einem *Gemeinsam sind wir stark* (oder zumindest lauter) kaschieren.

Aus der allgemeinen Lage der Kärntner Slowenen heraus finde ich die Präferenz für das Chorsingen logisch nachvollziehbar, denn ich sehe die Selbstbestärkung als Gruppe durch das gemeinsame Singen als Parallele zu den Versuchen, sich als Volkgruppe zu behaupten – sich nicht nur als Einzelperson entfalten zu können, sondern sich auch als Kollektiv zu behaupten. Das Chorsingen ist eine geeignete Form, das auf kulturellem Gebiet auszuleben. Und erst das gemeinsame Singen schafft Harmonie und Dissonanz.

Rož, Podjuna, Zila. Kernjak, Mikula und andere

Auf die Frage, welches Lied sie denn eventuell als Hymne der Kärntner Slowenen bezeichnen würden, gaben mir die meisten GesprächspartnerInnen (keine repräsentative Umfrage, sondern eine beiläufig gestellte Frage im Bekanntenkreis) zwei Lieder zur Antwort. Das eine heißt *Nmav čriez izaro* (Übern See), eine Weise, die von vielen für ein Volkslied gehalten wird, jedoch ihren Ursprung im 19. Jahrhundert hat und von Franc Treiber getextet und komponiert wurde. Vermutlich ist der Text nach der Vorlage des Gedichtes *Moj dom* (Mein Zuhause) von Primož Košat entstanden, das 1855 veröffentlicht wurde.

Das zweite genannte Lied ist *Rož, Podjuna, Zila*. Ich werde mich in der vorliegenden Überlegung an dieses Lied halten, was die Rolle von *Nmav čriez izaro* aber keineswegs schmälern soll. Letzteres sei die emotionalere Hymne, die mehr vom Herzen kommt, während *Rož, Podjuna, Zila* doch die stoischere, offiziellere sei. Sie hätten anfangs zwischen den beiden geschwankt, sagte mir Marko Stern, der Drummer der Rockgruppe Bališ, die *Rož, Podjuna, Zila* letztlich bei der Veranstaltung *Die andere Hymne* am 26. Oktober 2005 interpretiert hat und so mit am Anfang dieser meiner Überlegungen steht.

Auf den ersten Blick scheint *Rož, Podjuna, Zila* in der Tradition der Nationalhymnen – *Heimatlieder* – zu stehen und seine Popularität und Identifikationsrolle auch daraus zu beziehen: Es benennt die drei Täler/Gegenden, nach denen die Hauptgruppen der Kärntner slowenischen Dialekte benannt sind: Rosental, Jauntal, Gailtal (vergleiche: Land der Berge, Land am Strome, österreichische Bundeshymne) und besingt die Verbundenheit mit ihnen, den Ursprung, die Heimat, die Verwurzelung, die Verquickung geographischer und kultureller Herkunft (Land der Äcker, Land der Dome). Als Variation zu den Heldentaten (Heimat bist du großer Söhne, Volk begnadet für das Schöne) gibt's die Kameraden (ti družica moja) sowie das leidende Volk (narod moj trpin). Den Slowenen und den Kärntnern, in der Folge insbesondere den Kärntner Slowenen, wird eine gewisse melancholische Grundstimmung nachgesagt, also passt auch der Heldentod statt des Ausblickes in eine ruhmreiche Zukunft, denn der slowenische Sohn der Heimat ruht am Ende von *Rož, Podjuna, Zila* in heiliger Erde.

Schwupp, und schon hätten wir, auch nach einem ersten klanglichen Eindruck (jö schön, ganz Kärntnerlied, vierstimmig mit Terzen und allem Drum und Dran) ein Lied zur popularisierten inoffiziellen Hymne mit dem Ursprung irgendwo in der Zeit der nationalen Bewusstwerdung, also im 19. Jahrhundert, erklärt. Die Geschichte ist leicht nachzuvollziehen, der Identifikationswert aus Text und Melodie herzuleiten.

Die Sache hat nur einen Haken: Diese Erklärung ist im besten Fall unvollständig, genau genommen sogar falsch. Und wie falsch.

Zum einen ist der Popularisierungsgrad des Liedes diskutabel. Viele, vielleicht die meisten Kärntner Slowenen kennen es, das ist richtig. Meist wird es jedoch nach wie vor vom Notenblatt gelernt. Weiters

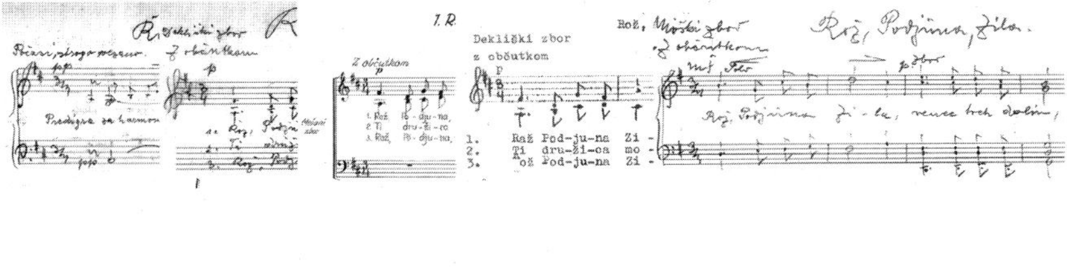

stammt das Lied keineswegs aus dem 19. Jahrhundert, sondern wurde in der Mitte des 20. Jahrhunderts getextet und komponiert und hat eine bewegte Geschichte. Sie steht in direkter Verbindung zu Vinko Poljanec, einem slowenischen Priester, der von den Nationalsozialisten gefangen genommen und verhört, wohl auch gefoltert wurde, denn die slowenischen Geistlichen waren an der Volksbildung unter den Slowenen rege beteiligt und somit eine ständige Bedrohung für das NS-Regime. Nicht lange nach seiner Freilassung verstarb Vinko Poljanec im Herbst 1938, sein Tod wird von manchen mit der Gefangenschaft direkt oder indirekt in Verbindung gebracht. Tatsachen sind keine bekannt oder beweisbar, doch gilt Vinko Poljanec als das erste Kärntner slowenische Opfer der Nationalsozialisten. Am Vorabend des Begräbnisses von Vinko Poljanec saßen dessen Freunde Janko Olip und Janko Mikula (ein weiterter Geistlicher) zusammen und schrieben dieses Gedicht im Gedenken an den Verstorbenen. Mikula wird heute als Autor angegeben. Beim Begräbnis wurde es zwar doch nicht verlesen, jedoch 1940 mit dem Titel *Koroški zemlji* (Der Kärntner Erde) in der Publikation *Družinske večernice* des Slowenischen Kulturverbandes SPZ (Slovenska prosvetna zveza/Zwitter 1940) auf Seite 61 veröffentlicht.

Dort wiederum, so die Erzählung der Familie, las das Gedicht Pavle Kernjak, Organist und Komponist, dem der Text so gut gefiel, dass er ihn schließlich vertonte. Die erste Aufführung dürfte 1948 im Rahmen des Hauptkonzertes des Slowenischen Kulturverbandes stattgefunden haben, das ergaben die Recherchen und Erinnerungen der Zeitzeugen.

Diese Historie, vor dem Hintergrund des Nationalsozialismus, verändert die Bedeutung des Liedes meiner Meinung nach erheblich. Denn mit dieser Entstehungsgeschichte enthält der Text plötzlich auch die konkrete Verbindung zur Verfogung durch die Nationalsozialisten, die erheblich daran beteiligt war, dass von den gut 104 000 deklarierten Slowenen in Kärnten zu Beginn des 20. Jahrhunderts 100 Jahre später nur noch gut 12 000 geblieben sind. Es gibt keine Kärntner slowenische Familie, die nicht auch mit dem Leben von Familienmitgliedern bezahlt hat, viele Familienverbände wurden durch Positionierungen auf der einen und anderen Seite arg in Mitleidenschaft gezogen. Die Traumata wirken auch in den Nachkommen noch nach.

Und was nun?

Tradition in die Gegenwart und in die Zukunft mitnehmen heißt meiner Ansicht nach auch, sie in die heutige Sprache, in die heutige Ausdrucksweise mitzunehmen. So tragisch die Geschichte von *Rož, Podjuna, Zila* auch ist, sie ist hilfreich zum Verständnis, warum sich das Lied einerseits so großer Identifikation erfreut und andererseits so großen Widerständen ausgesetzt ist. Viele, gerade junge Menschen, wollen die Traumata der Vergangenheit hinter sich lassen und spüren in diesem Lied wohl mehr als nur den in konkrete Worte gefassten Anteil an Leid.

Umso spannender ist es, wenn sich jemand darüber hermacht und *Rož, Podjuna, Zila* neu interpretiert, es als wunderschöne Weise betrachtet, zu der viele von uns eine emotionale und intellektuelle Verbindung haben. Und die Tradition geht einen Schritt weiter: Bališ führen ein Lied aus der Chortradition des andächtigen Lauschens weg in die Tradition des Mitsingens und Mittanzens, in die teilnehmende Tradition der Rockmusik. Auf diese Art und Weise haben KulturwissenschafterInnen und MusikologInnen auch in Zukunft zeitgenössische Werke aus den Kreisen der Kärntner Slowenen zu betrachten und zu überdenken, und es müssen nicht MuseumsforscherInnen deren Arbeit übernehmen.

Abbildungen

Abb 1: Fotos zur Verfügung gestellt von Krščanska kulturna zveza/Christlicher Kulturverband
Abb 2: Notenmaterial zur Verfügung gestellt von Milena Kernjak
Abb 3: Fotos zur Verfügung gestellt von Bališ

Literatur

Anderson, Benedict: Die Erfindung der Nation. Zur Karriere eines folgenreiches Konzepts. Campus. Frankfurt/New York 1996.

Hemetek, Ursula: »Gelem, gelem lungone dromeja«. Ich bin einen weiten Weg gegangen. Die internationale Hymne des »fahrenden Volkes« – Symbol einer Nation? (in diesem Band).

Hobsbawm, Eric: Das Erfinden von Traditionen. in: Conrad, Christoph/Kessel, Martina (Hg): Kultur und Geschichte. Neue Einblicke in eine alte Beziehung. Reclam Universal-Bibliothek Nr 9638. Reclam. Stuttgart 1998.

Kapun, Anna-Maria: Singen durch Sprache getrennt. Diplomarbeit. Hochschule für Musik und Darstellende Kunst. Wien 1997.

Lokar Lavrenčič, Vlasta/Gabriel, Hanzi: Po sledeh tamuburaštva na Koroškem. Mohorjeva založba. Celovec/Klagenfurt 2005.

Krščanska Kulturna zveza (Hg): Naši rajni duhovniki. Mohorjeva. Celovec/Klagenfurt 1968

Slovenska prosvetna zveza/Zwitter, Vinko (Hg): Družinske večernice. Celovec/Klagenfurt 1940.

Zablatnik, Pavle: Pesem koroških ljudslih pevcev, vižarjev in pesnikov. in: Kramolc, Luka/Tomc, Matija: Slovenska pesmarica. 2. Band. S 123–167. Celje 1964.

Zerzer, Janko: Zum Geleit. Vorwort zu Lokar Lavrenčič, Vlasta/Gabriel, Hanzi: Po sledeh tamuburaštva na Koroškem. Mohorjeva založba. Celovec/Klagenfurt 2005.

Internetquellen

Bališ, http://www.balis.at/, 4. 5. 2006

KKZ Krščanska kulturna zveza/Christlicher Kulturverband http://www.kkz.at/, 5. 5. 2006

SPZ Slovenska prosvetna zveza/Slowenischer Kulturverband http://www.slo.at/spz/musik_de.php, 5. 5. 2006

Wikipedia, http://de.wikipedia.org/wiki/Nationalhymne, 5. 5. 2006

http://de.wikipedia.org/wiki/Nationale_Symbole, 5. 5. 2006 http://de.wikipedia.org/wiki/Identit%C3%A4tstheorie_%28Politische_Theorie%29, 5. 5. 2006

Joško Vlasich

Die Burgenlandkroaten und ihre Hymnen

Versuch einer inhaltlichen Zurechtrückung

Nichts liegt mir ferner, als die Verdienste Mate Mersich-Miloradić' um den Erhalt der kroatischen Sprache im Burgenland schmälern zu wollen. Er war es, der aus der Alltagssprache der kroatischen Bauern und Tagelöhner zu Beginn des 20. Jahrhunderts die Basis für jene Sprache schuf, die wir heute als Burgenland-Kroatisch bezeichnen. »Unsere Sprache ist jahrhundertlang/ voll der Weisheit dir ein Schrank/ es gibt die Sprache dir Verstand/ ohne Schule auch und Bucheinband!« So lautet die Übersetzung der ersten vier Verse eines der wohl bekanntesten Gedichte Miloradić' »Naš jezik«[1]. Und dem Überlebenskampf dieser Sprache und seiner SprecherInnen widmete Miloradić etwa die letzten zwei Jahrzehnte seines literarischen Schaffens. In einer Zeit, als im ehemaligen Westungarn (dem heutigen Burgenland) der Magyarisierungsdruck schier unausstehlich wurde, begann Mate Mersich-Miloradić, der sich bisher neben seiner Tätigkeit als Seelsorger auch als Philosoph und Mathematiker einen besonderen Namen gemacht hatte, kroatische Gedichte und Epigramme zu verfassen. Und das in einer bisher nicht gekannten Intensität, die der kroatischen Sprache und damit auch ihrer Literatur im Burgenland eine neue Dimension eröffnete.

Dass Miloradić dem unter starkem Assimilationsdruck stehenden kroatischen Völkchen damit neues Leben und neue Kraft im Überlebenskampf einhauchte, ist wohl auch 100 Jahre später unbestritten. Dennoch darf man – gerade auch aus heutiger Sicht – eine Ausformung der nationalen Überbetonung nicht mehr unter den Teppich kehren: die antisemitischen, fremdenfeindlichen, antifeministischen und antikommunistischen Töne, die sich bisweilen in seinen Gedichten finden lassen. Das schmerzt mich persönlich umso mehr, als ich immer der Auffas-

1 In: Burgenländische Bibliothek, »Ausgewählte Gedichte«, kroatisch/deutsch; Übers. von Ewald Pichler; Edition Roetzer, 1978, S. 7

sung war, dass Minderheiten eher dazu neigen würden, andere Sprachen und Kulturen zu tolerieren und zu akzeptieren, als dies Mehrheitsbevölkerungen tun. Und so bin ich einerseits seit Jahrzehnten ein Bewunderer Miloradićscher Sprachkraft, genau so wie ich andererseits vehement seine nationalistisch-chauvinistischen Anspielungen ablehne.

Somit wäre ich auch beim Thema angelangt: Die Hymne der Burgenlandkroaten »Hrvat mi je otac« stammt aus der Feder Miloradić' und sie bewegt mich schon seit Jahrzehnten. Endlich habe ich die Gelegenheit, mich dazu in adäquater Form zu äußern, nämlich selber eine Hymne zu schreiben – eine Anti-Hymne sozusagen.

Das Gedicht von Mate Mersich-Miloradić »Hrvat mi je otac« – »Mein Vater ist Kroate« dient als Basis für die burgenländisch-kroatische Hymne. Obgleich nur die erste und die letzte Strophe gesungen werden, kann man den Gesamttext nicht ausblenden. Neben euphorischen Gesängen auf die kroatische Identität und dem Aufruf zu ihrer Stärkung, kommt es im Text auch zu antisemitischen und fremdenfeindlichen Tönen. Hier der Originaltext:

Hrvat u Gradišću
Hrvat su moj otac
I Hrvatica mat,
A ja sam njeva krv
I vjerni sin Hrvat!
Za moj hrvatski rod
Ću živit, ću umrit,
Zakriknut ću hura,
Da čuje cijeli svit!

Poziva me German,
Poziva I Madjar,
Da stupim k njim va roj,
Va tudji kolobar.
To je zlamenja dost,
Da nismo nigdori.
Ne trži se zis tim,
Ča trštva vridno nij!

Ne kupi se Cigan,
Ne kupi se ni Žid!
Hrvata kupte si,
Hrvat je svim profit!
Pridat ću jednu rič:
Smetlje je samo ta,
Ki je Judašević,
Ki vam se kupit da!

Va slogi najde moć
I rast će mala stvar;
Nesloga zruši tron,
Narode i oltar!
Ki nam raskala moć
I sprši mali broj,
Proklet mu bude glas,
Izrod je, smrad i gnjoj!

Gradišće nam je dom
Uz nimški ocean,
Na njem je mjesta dost
Za naš maljacki stan!
Koliko smo, to smo,
Nek mali roj i broj,
Hura, Hrvati smo,
Hura, k svojemu svoj!

Übersetzung (nach E. Pichler):
Kroate im Burgenland [2]
Der Vater ist Kroate,
Kroatin die Mutter mein,
So will – aus ihrem Blute –
Stets ein Kroatensohn ich sein!
Für mein Kroatenvolk

2 Miloradić schuf den Begriff »Gradišće« für Burgenland

Will leben ich und sterben,
Da rufe ich Hurra!
Hör'n soll's die ganze Erden!

Buhlt um mich der Deutsche,
Der Magyare wirbt mich an,
Ich sollt der Ihrige werden,
Fremden Kreises Untertan!
Beweis ist mir's genug,
Dass man uns achtet, ehrt!
Weil man nicht erhandelt,
Was keines Handels wert!

Der Kauf von Juden und Zigeunern
kommt niemandem in den Sinn.
Kroaten sollt ihr kaufen,
der Kroat ist jedem ein Gewinn.
Es sei ein Wort nur Euch gesagt:
An Kehricht hält ihr fest,
Mit dem Judas ihr euch plagt,
Der allein sich kaufen lässt!

Kroate bin ich und bleib ich
Und slawisch ist mein Blut.
Wer, was er ist, nicht sein will,
Zu den Narren zählt! Zur Lügenbrut!
Ich lass mich nicht verkaufen
Und ruf Euch in die Reih'n:
Hurra, wir sind Kroaten,
So soll es ewig sein!

Nur Einigkeit macht stark,
Es wächst die kleine Schar.
Der Zwist, er stürzet Throne,
Die Völker, den Altar!
Wer unsre Stärke schwächt,

Uns Wenige zu mindern sucht,
Sei Ausgeburt, Mist und Dreck,
Seine Stimme sei verflucht!

Im Burgenland zu Hause
Neben dem deutschen Ozean.
Auf ihm bleibt Platz genug
Für uns'ren kleinen Kahn!
Sind, was wir uns selber gelten,
Eines kleinen Volkes Reih'n.
Hurra, wir sind Kroaten, So soll es ewig sein!

Als sich die Initiative Minderheiten in der Person von Ursula Hemetek an mich gewandt hat, ob nicht auch BRUJI bereit wären, am Projekt »Die andere Hymne« mitzuarbeiten, sagte ich spontan zu. Wissend, dass nicht immer meine Ideen und Textvorschläge von den anderen vier BRUJI-Kollegen kritiklos angenommen werden. Aber diesmal lag ich richtig. Denn uns als »Krowodnrocker«, die sich im Ursprungslied des Krowodnrocks »Koliko smo, toliko smo« eines Zitats von Miloradić bedienen, sitzt die ambivalente Haltung zum »Kroatentum« buchstäblich in den Knochen. Mit diesem Lied schafften wir es mühelos, gleich in zwei Kulturkreisen anzuecken. Zunächst einmal bei uns im Burgenland, weil wir es gewagt hatten, den Ausdruck »Kroate« als »Krowod« in unseren Liedern zu verwenden und zum anderen in Zagreb, weil wir dort mit dem Lied im Jahre 1981 die kroatischen Studenten bei einem Konzert zu nationalistischen Kundgebungen angestachelt hatten. Beides hat uns peinlich berührt. Peinlich berührt war ich persönlich aber immer wieder, wenn bei festlichen Anlässen unsere kroatische »Burgenlandhymne« angestimmt wurde. Als Pazifist und als halbwegs emanzipierter Mensch war es mir unmöglich, die Zeilen vom Blutvergießen für mein Volk oder die meiner männlichen Vormachtstellung ohne Widerwillen anzusingen. Und trotzdem erinnere ich mich an viele Augenblicke, als mir die Gänsehaut während des Absingens der Hymne immer wieder über den Rücken lief.

Aber das mit den Hymnen ist schon immer ein Problem gewesen. Denken wir doch daran, dass es bis heute noch in der österreichischen

Bundeshymne nur die Söhne Österreichs sind, die wir verehren. Und in der Burgenländischen Landeshymne wieder ist es »Gottes Vaterhand«, die wir »oft empfunden« haben. Nichts von der ethnischen oder sprachlichen Vielfalt, die dieses Land so prägt.

Das Projekt »Die andere Hymne« gab mir somit die Gelegenheit, einmal auf all meine Zweifel und ambivalenten Haltungen gegenüber von Hymnen Stellung zu beziehen. Ironie des Schicksals: Gerade als wir begannen, das Projekt zu verwirklichen, fand in der medialen Öffentlichkeit eine Diskussion über die Österreichische Bundeshymne statt. »Heimat bist du großer Söhne« sollte auch einen weiblichen Part bekommen. Wie wir wissen, ist die Diskussion und mit ihr auch die Kritik an der Bundeshymne wieder verstummt.

Unser Lied »Hurra, hurra, hurra!« ist der Versuch einer inhaltlichen Zurechtrückung der Situation im Burgenland. Die Volksgruppen sind zwar anerkannt, sie sind ein wichtiger Teil der Identität des Landes, aber ihre Bedeutung gelangt immer nur in Sonntagsreden von PolitikerInnen und VereinsfuntionärInnen zur vollen Blüte. Tatsächlich ist es so, dass die Volksgruppe schrumpft, die Sprachkenntnisse gehen erschreckend rasch zurück und die gesetzlichen Möglichkeiten zum Erhalt der Volksgruppe werden eher restriktiv und schleppend eingesetzt. Die Verantwortung dafür auf andere abzuschieben, ist uns allen ein nicht unbekanntes Phänomen. Obwohl es natürlich auch teilweise berechtigt ist. Aber es kochen so genannte »VolksgruppenvertreterInnen« immer wieder auch ihr eigenes Süppchen ohne auf den Vorteil des Ganzen zu achten.

Wenn man sie dann zur Rede stellt, sind sie mit Ausreden schnell zur Stelle. Die andere Hymne der BRUJI »Hurra, hurra, hurra« persifliert dieses Verhalten. Das Lied soll aber auch dazu beitragen, mehr Rückgrat in der Volksgruppenpolitik zu zeigen.

1. Hrbat me je odzad, a na njem sidi vrat,
na vratu moja glava, s tom maše čudakrat.
A kad se prigne vrat, ko glava veli da,
mahati livo desno bez vrata se ne da!

Dostat ćemo sva prava, to veliš svaki dan (još samo kratak čas)
Refrain:
Hura, hura, hura!
Ča pravaš to dura!
Ča si, to si, hura!
Kukavica.

2. Strpljeni kod i ovca, ka cjel čas trapi glad,
ali bez pastira neznaju na lapat.
I Švabe i Madjare zapravo to ne mari!
Mi sami smo si krivi, mi sami smo grobari!

Dostat ćemo sva prava, to veliš svaki dan (nek samo kratak čas)

Refrain:
Hura, hura, hura!
Ča pravaš to dura!
Ča si, to si, hura!
Kukavica.

Solo (melodija od himne:)
Hrbat me je odzad, a na njem sidi vrat,
na vratu moja glava, s kom svenek maše vrat.
A kad se prigne vrat, ko glava veli da,
mahati livo desno bez vrata se ne da!

Hura, hura, hura!
Ča pravaš to dura!
Ča si, to si, hura!
Kukavica.

Übersetzung:
1. Mein Rücken befindet sich hinten und darauf sitzt der Hals,
dieser trägt den Kopf und bewegt ihn hin und her.
Neigt sich der Hals nach vor, so sagt der Kopf ja,
links und rechts schütteln lässt sich der Kopf ohne Hals nicht.

Wir bekommen schon unsere Rechte, das sagst du jeden Tag (nur noch kurze Zeit!)

Refrain:
Hurra, hurra, hurra,
Was wir brauchen, das dauert halt,
was du bist, das bist du,
ein Angsthase!

2. *Wir sind geduldige Schafe, zwar hungrig,*
aber ohne Hirten finden wir das Futter nicht.
Weder Deutsche noch Magyaren, kümmert das wirklich.
Wir selber sind schuld daran, wir selber sind Totengräber.

Wir bekommen schon unsere Rechte, das sagst du jeden Tag (nur noch kurze Zeit!)

Refrain:
Hurra, hurra, hurra,
Was wir brauchen, das dauert halt,
was du bist, das bist du,
ein Angsthase.

Dokumentation[1]

Die Veranstaltung »Die andere Hymne – Minderheitenstimmen zum Nationalfeiertag« fand als kommentiertes Konzert am 26. Oktober 2005 in der »Sargfabrik« in Wien als »widerständische« Wortmeldung der Initiative Minderheiten zum allgemeinen Feiertaumel des Jubiläumsjahres statt.

Es wurde ein Live-Mitschnitt von Klaus Hallmann angefertigt. Dieser dient als Grundlage für die dem Buch beiliegende CD. Da es sich zum Teil um Uraufführungen und nicht wiederholbare musikalische Ereignisse handelt, wurden die Künstler um ihre Zustimmung zur Veröffentlichung gebeten, obwohl manche Aufnahmen nicht den üblichen musikalischen Standards der Ensembles entsprechen. Diese Aufnahmen haben somit vorwiegend Dokumentationscharakter. Mix und Master stammen von Robin Gillard.

Im Folgenden wird als Orientierungshilfe und zum Zwecke der vollständigen Dokumentation jeweils der Musiktitel mit allen Credits sowie der Text wiedergegeben, sofern dieser nicht ohnehin in einem entsprechenden Aufsatz behandelt und abgedruckt ist. Es ist auch jeweils eine Kurzcharakteristik der Ausführenden sowie eine Darstellung der Hintergründe angeführt. Die Reihenfolge entspricht den Nummern auf der CD.

1 Es wird in diesem Kapitel sowohl was Fotos als auch Texte betrifft, zum Teil auf die Zeitschrift *Stimme von und für Minderheiten* Nr. 57/Winter 2005 zurückgegriffen. Ich danke dem Chefredakteur Hakan Gürses, sowie dem Fotografen Mehmet Emir.

1.

Wir erregen, wir bewegen: Die Hymne der behinderten Menschen
Melodie: Joseph Haydn
Text: Erwin Riess
Chorarrangement: Harald Huber

Ausführende: Der Chor des Klubs slowenischer Studentinnen und Studenten in Wien / Zbor kluba slovenskih študentk in študentov na Dunaja gemeinsam mit Chor La Lumpur

Der Chor des Klubs slowenischer Studentinnen und Studenten in Wien / Zbor kluba slovenskih študentk in študentov na Dunaja ist seit 1996 fixer Bestandteil der Wiener Chorszene. Einen Namen gemacht hat sich der Chor mit Uraufführungen zeitgenössischer KomponistInnen sowie mit Kärntner slowenischen Volksliedern.

Das Schwulen-Acapellaquintett Chor la Lumpur macht seit fünf Jahren Musik. Ihr Repertoire reicht von Klassikern wie dem »Java Jive« der Manhatten Transfer bis »Sign Your Name« von Terence Trent D'Arby.

Eine ungewöhnliche »minoritäre Allianz«:

Der Chor der Klubs slowenischer Studentinnen und Studenten hatte schon in mehreren Projekten mit der Initiative Minderheiten zusammengearbeitet. Diesmal ergab sich jedoch die Schwierigkeit, dass beide Hymnen, die der Behinderten sowie jene der Lesben und Schwulen zunächst einen Chorsatz brauchten. Harald Huber erklärte sich bereit, sowohl die Sätze zu schreiben, als auch die musikalische Leitung zu übernehmen. Dass der Chor die »Hymnen« zur Aufführung brachte, war an sich schon ein Zeichen minoritärer Allianz. Dazu kam ein weiteres, aus der Not geboren: Es waren nicht genug Männerstimmen vorhanden gewesen, aufgrund einer damaligen Chorleitervakanz. Deshalb erklärte sich das Vokalquintett Chor La Lumpur aus der Schwulenszene bereit, den Chor zu unterstützen, wodurch eine, auch in der Minderheitenszene ungewöhnliche direkte Zusammenarbeit entstand, die für beide Seiten eine wesentliche Horizonterwei-

Abb. 1: Der Chor des Klubs slowenischer Studentinnen und Studenten Wien/Zbor kluba slovenskih študentnk in študentov na Dunaja, gemeinsam mit Chor La Lumpur am 26. Oktober 2005 in der Sargfabrik in Wien. Foto: Mehmet Emir

terung im künstlerischen wie auch im gesellschaftspolitischen Sinn gebracht hat.

Text
Wir erregen, wir bewegen
Diese Welt wie's uns gefällt!
Wir gestalten, wir belegen
Diese eure unsere Welt!

Wir geschehen, wir vergehen
Ohne Zweck und ohne Lohn.
Wir verwirren, wir bestehen
Keine Angst, wer sind wir schon!

2.
Is eh a Gaudee …
Musik: Tom Robinson
Text: Helga Pankratz
Bearbeitung/Chorarrangement: Harald Huber

Ausführende: Der Chor des Klubs slowenischer Studentinnen und Studenten in Wien / Zbor kluba slovenskih študentk in študentov na Dunaja gemeinsam mit Chor La Lumpur

Die Autorin Helga Pankratz sagt zu ihrem Text:

»Is eh a Gaudee« ist meine Übertragung des schwulen Protestsongs »Glad to Be Gay« von Tom Robinson. Das Lied wurde Anfang der 1980er Jahre ein Hit, nachdem/weil es BBC-Sendeverbot bekommen hatte. Ich habe den ursprünglich rein schwulenbezogenen Text lesbisch-schwul gemacht und mit Inhalten aus Österreichs Gegenwart runderneuert: So geht es in meiner Fassung nun unter anderem um die Vermarktung von »Lesben-Sex« in Hetero-Pornos, um die Todesurteile im Iran, um vorenthaltene Internet-Informationen für junge Lesben und Schwule mit fadenscheinigen Jugendschutz-Argumenten und um rassistisch determinierte Polizeigewalt. Eine »Hymne« also, die nicht

»für die Ewigkeit« geschrieben ist, sondern für die Gegenwart und die Menschen, die in ihr leben. Ein Song, der – wie schon Tom Robinsons Original – hier und heute die Finger in Wunden der Gesellschaft legt.

Is eh a Gaudee …
Text von Helga Pankratz

De beste da Wööd is unsa Kiwarei,
das's Woame vafuigd hom, is 20 Joah vuabei.

Heit dan's nua tretn und prügln und schiassn,
waun's Fremde und Schwoazze ausweisn miassn.

Mia san inzwischn fost richdich »legal«.
do is uns ois aundare heazlich egal.

Tuntn vadreschn dan hoibschdoagge Buam.
Reg di ned auf: Is no kaum wea drau gschduam.

Refrain:
Heast, des is echt a Gaudee!
Lesbisch- oda Schwulsei is schee!
Sei doch ka wehleidigs Weh! – He!
Lesbisch- und Schwulsei is scheeeee

Noggade Madaln im Internet, schau!
Lesberln im Porno auf'd Nochd im TeVau.

Jeglicha Geilschpecht mocht heite sein Stich:
Bluadjunges Frischfleisch am Hetero-Schdrich.

Des gleiche auf Schwul – is goa ned noamal:
A riesn Vabrechn, a potzn »Skandal«!

Unsa politische Website – hosd g'head?
is deshoib in Schuin ois »bedenklich« geschperrt.

Refrain

Es gibd soiche Sochn, wo i fost waan.
Wia de Uatäus-voischdreggungen jezd im Iran:

Di Lesbm wean g'schdanigd und Schwule dahängt
Und wauni wen sog, das mi sowos seah grängtd

daun songn's ma: Geh bitte! Des ist duat so Brauch,
des is duat so Sitte! Kumm, reg di ned auf!

De westlichn Lända wuin ned protestian.
Da Bush und die Büüd-Zeidung
dan applaudian.

Refrain

Di wiffste da Wööd is unsa Kiwarei:
De löscht kane Woamen aus ihra Kartei.

Na kloa is jezd endlich 's Gesetz refoamiad
Doch: sicha is sicha – mia bleim registriad.

Und wos bringd indessen das liawe TeVau?
So Talkshows zum Thema: »Mei Frau liebt a Frau«.

Wooos wüüst? Gerechdichkeid? Schutz duach's Gesetz?!
Geh hear ma doch auf, mid den bledn Geschwätz.

Refrain:
Heast, des is echt a Gaudee!
Lesbisch- oda Schwulsei is schee!
Sei doch ka bochanes Weh! – He!
Lesbisch- oda Schwulsei is schee.
Lesbisch- oda Schwulsei is schee.

Abb. 2: Chor La Lumpur – gemeinsam mit Mitgliedern des Chors der slowenischen StudentInnen – am 26. Oktober 2005 in der Sargfabrik in Wien. Foto: Mehmet Emir

3.
Üsküdara
Traditional in verschiedenen Sprachen
Bearbeitung und Ausführung: Tuğlu-Tırpan-Project & guests

Tuğlu-Tirpan-Project & guests: Sabri Tuluğ Tırpan ist ein vielseitiger Musiker und Komponist, der aus der Türkei stammt. Er arbeitet in verschiedenen musikalischen Genres mit internationalen KünstlerInnen zusammen.

Text, musikalische Analyse und Kommentar siehe Aufsatz von Martha Hammerer.

4.
Gelem, gelem lungone dromesa
Romahymne
Melodie: Traditional
Text: Mišo Nikolić
Bearbeitung und Ausführung: Ensemble Ruža Nikolić-Lakatos

Das Romaensemble Ruža Nikolić-Lakatos ist einer der bekanntesten musikalischen Vertreter der Musik der Lovara. Ruža Nikolić-Lakatos wird oft als »Botschafterin der Romakultur« bezeichnet und konzertiert im In- und Ausland.

Text, musikalische Analyse und Kommentar siehe Aufsatz von Ursula Hemetek

Abb. 3: Christina Kisielewsky vom Tuğlu-Tırpan-Project & guests am 26. Oktober 2005 in der Sargfabrik in Wien. Foto: Mehmet Emir

Abb. 4: Ensemble Ruža Nikolić-Lakatos am 26. Oktober 2005 in der Sargfabrik in Wien. Foto: Mehmet Emir

5.

Jugoslavijo

Traditional, »heimliche Hymne« im ehemaligen Jugoslawien
Bearbeitung und Ausführung: Alexandra Tehovnik & Co.

Alexandra Tehovnik & Co.: Alexandra Tehvonik ist Schauspielerin und Sängerin, stammt aus Slowenien und gilt als »Diva des Balkanjazz«. Sie arbeitet mit verschiedenen MusikerInnen in unterschiedlichen Projekten zusammen.

Über das Lied:

»Jugsolavijo« galt in den 1980er Jahren als die heimliche Hymne des ehemaligen Jugoslawien. Es handelt sich um eine volkstümliche Melodie aus Makedonien, mit einem Text, der die Einigkeit und Geschichte Jugoslawiens besingt. Es war bei allen Ethnien des ehemaligen Jugoslawiens in Gebrauch und symbolisierte sozusagen den Einigkeitscharakter. Während des Krieges war es verpönt, und wurde wenn, dann nur von jenen gesungen, die sich als »Jugo-Nostalgiker« und Anti-Nationalisten verstanden. Es wird heute wieder zu verschiedenen Texten gesungen, weil die Melodie offenbar immer noch starken Identitätscharakter hat, und zwar für verschiedene Ethnien des ehemaligen Jugoslawien, also die größte Gruppe von Zuwanderern in Österreich. Es mit dem ursprünglichen Text zu singen, ergibt das Paradoxon, dass ein durchaus »nationales« Lied auf Grund der historischen Entwicklung und aufgrund des Zerfalls Jugoslawiens, heute ein Bekenntnis gegen den Nationalismus darstellt.

Text
Od Vardara pa do Triglava
od Djerdapa pa do Jadrana
Kao niska sjajnog djerdana
Svijetlim suncem objasjana
ponosito sret Balkana
Jugoslavijo, Jugoslavijo!

Širom sveta put me vodio
sa sudbom sam svojom hodio
u srcu sam tebe nosio
uvek si mi draga bila
domovino moja mila
Jugoslavijo, Jugoslavijo!

Volim tvoje reke, izvore
tvoje šume, polja i more
volim tvoje ljude ponosne
i ratara i pastira
u frulicu kad zasvira
Jugoslavijo, Jugoslavijo!

Krv se mnoga za te prolila
borba te je naša rodila
radnička te ruka stvorila
živi srećna u slobodi
ljubav naša nek te vodi
Jugoslavijo, Jugoslavijo

Übersetzung
Vom Vardar bis zum Triglav
vom Djerdap bis ans Meer
wie ein glänzendes Halsband
von heller Sonne beschienen
stolz in der Mitte des Balkans
Jugoslawien, Jugoslawien!

In die weite Welt hat mich mein Weg geführt
mein Schicksal ging mit mir
im Herzen habe ich
dich getragen
Du warst mir immer lieb
meine liebe Heimat
Jugoslawien!

Abb. 5: Aleksandra Tehovnik am 26. Oktober 2005 in der Sargfabrik in Wien.
Foto: Mehmet Emir

Ich liebe deine Flüsse, deine Quellen
deine Wälder, die Felder und das Meer
Ich liebe deine stolzen Menschen
die Bauern, die Hirten
die manchmal Flöte spielen
Jugoslawien!

Viel Blut ist für dich geflossen
unser Kampf hat dich geboren
Arbeiterhand hat dich geschaffen
lebe glücklich in Freiheit
unsere Liebe möge dich führen
Jugoslawien!

6.
Hura, hura, hura
Lied inspiriert durch die Hymne der BurgenlandkroatInnen
Text, Musik und Ausführung: Bruji

Die burgenländisch-kroatische Rockgruppe Bruji wurde in den 1980er Jahren gegründet. Sie steht für die musikalische Aufbruchstimmung einer jungen Generation von VolksgruppenmusikerInnen.

Text der Hymne der BurgenlandkroatInnen und der neuen Version von Bruji siehe Aufsatz von Joško Vlasich

7.
Rož, Podjuna, Zila
Slowenisches Volkslied aus Kärnten
Bearbeitung und Ausführung: Bališ

Die Kärntner-slowenische Rockgruppe Bališ, die seit 2000 besteht, covert das Liedgut bekannter Bands und verleiht diesem durch Texte

Abb. 6: Joško Vlasich von den Bruji am 26. Oktober 2005 in der Sargfabrik in Wien. Foto: Mehmet Emir

in der slowenischen Mundart Südkärntens eine neue Identität. Mit Eigenkompositionen ist die Band ebenfalls sehr erfolgreich, auch über die Grenzen Österreichs hinaus.

Dani Stern über die Bearbeitung von Bališ:

Bališ wurde im Jahre 2000 als Rockmusik-Projekt gegründet, das einerseits ein kleines Gegengewicht zum traditionellen Kulturschaffen der Kärntner Slowenen ist und andererseits, durch die Art der Musik, ein verbindendes Element zur Mehrheitsbevölkerung darstellen soll.

Das Lied »Rož, Podjuna, Zila« eignete sich zur Umsetzung dieses Konzeptes besonders gut. Das Lied ist kein Volkslied im herkömmlichen Sinne, es ist erst rund 60 Jahre alt. Im Laufe der Zeit hat sich das Lied zu einer Art Hymne der Kärntner Slowenen entwickelt. Bališ wollte mit der Neukonzeption des Liedes aufzeigen, dass es neben der gewohnten Interpretation des Liedes – mit all dem Weltschmerz und Melos – auch eine andere Möglichkeit gibt, das Lied zu transportieren: zornig, selbstbewusst und laut.

Text und kulturpolitische Analyse siehe Aufsatz von Nada Zerzer

Abb. 7: Bališ am 26. Oktober 2005 in der Sargfabrik in Wien. Foto: Mehmet Emir

Die Autorinnen und Autoren

El Awadalla

Geboren in Wien, aufgewachsen im Burgenland. Ausbildung als Großhandelskauffrau, zeitweise Studium der Afrikanistik, Arabistik und Islamkunde in Wien und an der Bir Zeit Universität (Palästina). El Awadalla lebt in Wien. Zahlreiche literarische und publizistische Arbeiten, die u. a. in der »Presse«, dem »Falter« und beim ORF veröffentlicht wurden. Bei Folio erschienen (vergriffen): Heimliches Wissen – unheimliche Macht (1997), Präsidentin der Österreichischen DialektautorInnen.

Wolfgang Dietrich

Prof. DDr., Programmdirektor des Universitätslehrgangs für Friedensstudien an der Universität Innsbruck, wissenschaftlicher Direktor des österreichischen Lateinamerika-Instituts; Gastprofessor an den Universitäten Wien und Castellón de la Plana/Spanien. Forschung und Lehre in USA, Lateinamerika, Asien und Afrika.

Gerlinde Haid

Geboren 1943 in Bad Aussee, Steiermark. Nach der Matura Studium in Wien, Lehramt aus Musikerziehung und Germanistik, Doktorat aus Volkskunde und Musikwissenschaft. 1975–1989 Generalsekretärin des Österreichischen Volksliedwerks in Wien, dann Hochschulassistentin in Innsbruck, seit 1994 Professorin an der Universität für Musik und darstellende Kunst Wien und Leiterin des Instituts für Volksmusikforschung und Ethnomusikologie. Hauptsächliches Forschungsgebiet: Volksmusik der Alpen.

Martha Hammerer

spielt Gitarre und Viola da gamba, unterrichtet Gitarre in Wien, und studiert an der Universität für Musik und Darstellende Kunst Wien im Magisterstudium Instrumental(gesangs)pädagogik. Mit der Viola da gamba spielt sie in verschiedenen Besetzungen und Ensembles, darunter auch ein Jazz-Ensemble.

Ursula Hemetek

a.o. Univ. Prof. am Institut für Volksmusikforschung und Ethnomusikolgoie der Universität für Musik und darstellende Kunst Wien. 1987 Dr. phil. Musikwissenschaft, 2001 Habilitation an der Universität Wien, Ethnomusikologie. Forschungsschwerpunkte: Musik von Minderheiten in Österreich, insbesondere Roma, burgenländische Kroaten und Bosnier, Einwanderer in Wien. Lehrtätigkeit »Ethnomusikologie« und »Musik der Minderheiten in Österreich«. Intensive Kultur- und Öffentlichkeitsarbeit im interkulturellen Bereich, politisches Engagement u. a. als stellv. Obfrau der »Initiative Minderheiten«.

Helga Pankratz

Geboren 1959 in Wiener Neustadt(NÖ), ist Autorin und lebt in Wien. Aktueller Schwerpunkt als Künstlerin ist die Zusammenarbeit mit slowenischen AutorInnen. Daneben aktiv als Journalistin, Medienpädagogin und in der Österreichischen Lesben- und Schwulenbewegung, Vorstandsmitglied der Initiative Minderheiten und der ARGE Region Kultur. Seit 2003 Generalsekretärin der Ö.D.A.

Erwin Riess

Geboren 1957, Studium der Politik- und Theaterwissenschaft in Wien, verschiedene Tätigkeiten, Rollstuhlfahrer seit 1983, seit 1994 freier Schriftsteller, Aktivist der Behindertenbewegung. Zahlreiche Theaterstücke, Hörspiele, Drehbücher. Prosa u. a., »Heimatkunde Österreich« (Essays, 2004), zuletzt: »Der letzte Wunsch des Don Pasquale«,

Roman, 2006. Zahlreiche »Groll-Geschichten« in diversen Zeitungen und Zeitschriften.

Joško Vlasich

Geboren 1950 in Oberpullendorf/Felsöpulya, zweisprachige Volksschule Großwarasdorf/Veliki Boristof, Matura am BRG in Eisenstadt, Uni-Abschluss Lehramt für Germanistik, Slawistik. Seit 1979 Lehrer am BRG Oberpullendorf; seit 2000 Landtagsabgeordneter der Grünen im Burgenland. Kulturelle Aktivitäten: GF der Kultur-Initiative KUGA (Interkulturelles Aktions-Bildungs- und Kulturzentrum) bis 2000 Gründungsmitglied und später Chefredakteur des Radios MORA »Mehrsprachiges offenes Radio« bis 2000, derzeit Vorstandsmitglied. Sänger, Texter und Komponist bei der Krowodnrockgruppe BRUJI.

Nada Zerzer

Tätigkeitsbereich: Kulturwissenschaft und Architektur.
Seit der Mittelschulzeit in verschiedenen Bereichen kultureller, politischer und wissenschaftlicher Auseinandersetzung mit Volksgruppen, Identität und Multikulturalität, Zusammenleben und Repräsentation von Sprachgruppen tätig. Chorsängerin.

Titelliste der beiliegenden Dokumentations-CD

(alle Aufnahmen: Klaus Hallmann, Sargfabrik, Live-Mitschnitt vom 26.10.2005; Mix und Master: Robin Gillard)

Nr.	Titel	Ausführende	Seite	Dauer
1	Wir erregen	Chor des Klubs slowen. Stud. Chor La Lumpur	152	2:27
2	Is eh a Gaudee	Chor des Klubs slowen. Stud. Chor La Lumpur	154	5:22
3	Üsküdara	Tuğlu-Tırpan-Project & guests	89	21:40
4	Gelem, gelem	Ensemble Ruža Nikolić- Lakatos	73	5:31
5	Jugoslavijo	Aleksandra Tehovnik & Co.	161	11:03
6	Hura, hura, hura!	Bruji	143	4:08
7	Rož, Podjuna, Zila	Bališ	131	5:41
				55:56

Die MC- und CD-Reihe der Ö.D.A.

Lieferbare Titel

IDI-Ton 19	»Waast du, wo Auschwitz liegt?«	
IDI-Ton 20	2 MC mit Broschüre	€ 14,53
IDI-Ton 21	»A Butten voll Kinder, an rotzigen Mann«	
	(Frauenlieder v. C. Zurbrügg)	
	MC mit Broschüre	€ 13,00
IDI-Ton 22	»Karntn is lei a Grobschtan«	
	(Bünker/Gfrerer)	
	MC mit Broschüre	€ 14,40
IDI-Ton 23	»Romane Gila«	
	(Lieder/Tänze der Roma)	
	MC mit Broschüre	€ 14,53
IDI-Ton 25	»Des wär ja nimmer Wien!«	
	(Liebe/Koschelu/Gradinger)	
	CD	€ 12,00
IDI-Ton 26	»Weine(h)rliches«	
	(Tiefenbacher/Diewald/Nastl)	
	CD	€ 14,40

Erhältlich bei Ö.D.A., Gumpendorfer Str. 15/13, 1060 Wien
Tel 01/586 12 49 DW 11
office@oeda.at